L.M. YANN

Au cadran de l'enfance

L'énigme du pont

pour Gusse
qui ne lira pas cette fable
par peur de réveiller l'enfance

*La relativité restreinte nous dit que
l'écoulement du temps est une illusion.*

Thibault Damour

Table des Chapitres

Larves de bébé

En ce temps-là, les trains passaient dans le fond de notre jardin, juste derrière la rangée de choux frisés où des larves de bébé patientaient de naître aux premiers jours du printemps. Elles ne donnaient rien que des garçons. Chez nous le Père cultivait uniquement des légumes, pas de fleurs, surtout pas de ces roses qui tètent la terre pour leur seule vanité à s'embellir, trop pimbêches pour se satisfaire d'un destin alimentaire de soupe ou de purée.

Les larves, ce n'était pas faute de les avoir pistées une à une dans les replis des feuilles. Ce n'était pas faute de les avoir éventrées sur la fonte luisante des rails où les roues des locomotives les achevaient et répandaient leur sang.

Comment une des limaces m'avait-elle échappé ?

Début mai, les pommes de terre en fleurs avaient pris la place des choux dont les trognons ne fermentaient plus depuis longtemps dans le ventre des lapins. Je me sentais l'esprit tranquille jusqu'au repiquage des nouveaux plans à l'automne. L'insouciance guidait alors mes journées. Pas de chou, pas de larve, pas de naissance importune. Quant aux doryphores je ne les craignais pas. Le Père les douchait avec un purin de sa fabrication dont la puanteur leur coupait le souffle. Je peux témoigner. Pourtant cent fois plus costaud qu'un doryphore, cette bouillie m'asphyxiait. Je ne craignais pas ces bestioles en armure car, bien qu'à l'affût des conversations qui se murmuraient pour que je n'entende pas, je n'avais surpris aucune parole suggérant que ces bêtes devenaient humaines. Une chance. Mon esprit fabulateur s'encombrait d'un nombre suffisant de bizarreries sans besoin d'y ajouter des bonshommes en carapace.

Bref, tel était l'état de mes connaissances sexuelles. J'avais dépassé les huit ans. On m'appelait Nuche.

Quelques journées précipitèrent mon éducation bien malgré moi. Les événements se mêlèrent de me dégourdir. Pas facile de grandir, Nuche !

Grand-Père emménagea au ciel, destination l'Éternité. Pressé par les anges de monter illico à bord d'un convoi de nuages, il en négligea d'emporter sa blague à tabac, sa canne et son chapeau. Pour dire l'urgence, il en oublia de me dire au-revoir.

Grand-Mère descendit du train à la gare de chez nous. A peine si je la reconnus vêtue d'habits de deuil plus noirs si possible que le charbon au fond de notre cave sans lumière. Soulevant sa voilette, on aurait dit la mort qui me tendait ses joues pour l'embrasser. Obligée d'habiter avec la bru, terrible humiliation, elle contenait une rage héritée d'une vie de contrariétés. Elle bravait, se persuadait qu'elle ne resterait que le temps de se retourner. S'en retourner chez elle comme si elle avait oublié qu'elle n'avait plus de mari, plus de pension, plus de maison. Chez la bru, elle avait sorti deux fois rien de sa valise et rangé sous le lit sa paire de souliers à côté des miens.

Comble de tout, la Mère était revenue de je ne sais où. Elle portait un paquet dans ses bras que mon regard s'efforçait de percer pour en découvrir le contenu. Coupant court à ma curiosité, la Mère me présenta une chose vivante, emmaillotée dans un épais torchon de laine. Ce que j'en aperçus avait la peau plus violacée que rose. La peau flasque et violacée d'une larve. Oui, une larve. Je n'y croyais pas non plus mais c'en était bien une. Une larve à la métamorphose inachevée qui esquissait une figure humaine. Deux narines trouaient un renflement de chair. D'un repli de peau bavait une bouche. Des yeux ou ce qu'il m'en parut dans la confusion du moment, fuyaient la lumière et clignotaient sans me regarder.

D'après la Mère, Bout-de-Chou me souriait.

Bout-de-Chou. La Mère l'appelait ainsi et je ne doutais pas qu'elle le faisait à mon intention, façon de m'instruire d'où la chose flasque et violacée sortait comme si j'ignorais ces mystères-là. Un enfant raisonne et pose de vraies réponses sur de fausses questions. Bout-de-Chou donc. Un nom à coucher dehors. Je m'expliquais que les larves ne peuvent pas avoir d'identité avant leur mue définitive en bonshommes. Elles vivent incognito, dépourvues d'âme jusqu'au jour du baptême dont le sens du sacrement m'était révélé par voie de conséquence.

Bout-de-Chou. Elle l'appelait ainsi.

Selon la Mère, la face de limace me souriait. En retour des grimaces de la chose, la Mère me pressait de lui manifester intérêt et signes d'affection. La Mère insistait. Comment pouvais-je à ce point être dépourvu d'émerveillement ? De qui avais-je hérité pareille indifférence pour ne pas applaudir des pieds et des mains à l'arrivée d'une vie ? Par dégoût d'abord et par ignorance des politesses de naissance, je repoussais l'idée de souhaiter la bienvenue à une larve. La Mère souffrait de constater qu'elle s'était trompée sur ma personne. J'étais bien le fils de l'autre, le lâche qui l'avait laissé tomber en voyant son ventre s'arrondir. N'y pensons plus ! Oublions l'écume du passé ! La Mère s'efforçait de se convaincre que si j'y mettais du mien, Bout de Chou s'habituerait et moi avec.

« Parle-lui. Il reconnaitra bientôt ta voix.

– Parce qu'il va rester chez nous ? Longtemps ? »

A surprendre la contrariété sur les mines de la famille réunie autour la larve emmaillotée, j'avais deviné que ma question fâchait pour bien des raisons. J'étais dans le viseur des regards. En joue ! Pour cette fois personne n'avait fait feu sur le bâtard. Simple avertissement.

J'aurais dû m'en tenir là.

La question ne se posait pas. C'était une certitude. Bout de Chou logerait chez nous. Il s'installait pour longtemps. Bien plus longtemps que longtemps me paraissait long. L'unique question urgente était de décider quel recoin de la maison lui attribuer.

La pièce commune était coupée par un rideau en cretonne à médaillons de roses. Des épingles de nourrice le tendaient astucieusement sur un fil à linge. En théorie il pouvait coulisser. En pratique il ne s'ouvrait que pendant les manœuvres quotidiennes d'aération quand les courants d'air chassaient sueurs et ombres de la nuit. En réalité il cachait l'alcôve que Grand-Mère occupait. Pour ses affaires, elle partageait avec moi la penderie à fermeture Éclair au pied du lit et le dessous du sommier métallique. J'avais creusé ma niche dans le matelas de plume. Je dormais collé contre le mur pour prévenir tout risque de la toucher.

Les parents disposaient d'une chambre. La seule en fait. Leur fenêtre donnait plein sud sur le poste d'aiguillage et sur les voies ferrées. Une cloison de bois dont le corps maigrichon tremblait au passage des géantes à vapeur les isolait de notre vue, pas de nos oreilles. La Mère et le Père tournaient et viraient le soir à chercher le sommeil qui ne venait pas. On entendait soupirer les ressorts.

Bout-de-Chou encombrait leur chambre. La Mère, prompte à lui fourrer un téton dans la bouche, avait jugé qu'il devait rester à portée de sein nuit et jour. Le mollasson suçotait sans faim ni plaisir, s'étouffait, reprenait souffle malheureusement.

Son berceau, une panière posée sur tréteaux et garnie d'un duvet cousu de dentelles, condamnait toute circulation entre le lit et la cloison. Le Père ronflait côté fenêtre. A vrai dire il n'avait pas eu à choisir sa place. Il lui fallait donc chaque soir enjamber la Mère avant de regrouper ses abattis dans son coin. La Mère couchait du côté d'où elle pouvait jaillir en urgence.

En s'organisant, l'espace ne manquait pas tant. Il suffisait de fermer la porte de l'armoire pour ouvrir celle de la chambre. Ou le contraire. Plusieurs fois par nuit, la Mère se levait calmer les cris du braillard dans la salle d'eau. Il se calmait. Elle retardait le moment de le recoucher et décrivait dans l'obscurité des cercles autour de la table, comptait les tours.

Si elle venait à buter contre une chaise avant la fin des rondes magiques, elle se pétrifiait comme si se statufier aurait suffi à empêcher l'autre de donner de la voix. Premier temps, la goule amorçait la trompe. Une main aussitôt l'étouffait. Au deuxième temps, la goule cornait sous le bâillon. La Mère se précipitait vers la salle d'eau. La porte refermée sur eux assourdissait mal les paroles d'exaspération de la Mère qui se croyait seule éveillée. Elle menaçait de balancer la larve dans la gueule d'un train. Elle jurait de la noyer dans l'eau de la cuvette. J'attendais. Elle tirait la chasse. Je dépliais mes oreilles qui pour l'heure méritaient leur qualification de feuilles de chou. La larve hoquetait, hélas. La Mère sortait des toilettes, sanglotait, s'excusait, incapable de tenir parole.

Quelques jours avaient accéléré mon éducation. Malgré moi, j'avais grandi trop vite.

La preuve, l'espace se rétrécissait autour de moi. J'y tenais à peine. Les murs se rapprochaient. J'avais perdu ma place.

La preuve, mes nuits se tourmentaient de bruits, réels ou imaginés, de respirations haletantes, de toux, de craquements jusque-là insoupçonnés. Des voix, chuchotements et cris, m'entrainaient vers des abîmes jusque-là ignorés. Depuis les rives de l'Éternité, Grand-Père me parlait mais de quoi ? J'étais incapable de saisir un mot de son charabia muet. Promis, juré, craché, j'aurais souri à Bout-de-Chou pour comprendre ce que Grand-Père me disait.

D'un raclement de gorge, Grand-Mère signifiait qu'elle ne dormait pas. La Mère regrettait de l'avoir réveillée.

« Ne vous souciez-pas de mon sommeil. J'aurais bientôt tout le temps de dormir. »

Grand-Mère se redressait, un coude en appui sur le traversin.

« Faudrait pas lui céder. Pas le sortir du lit dès qu'il pleurniche. Le prendre dans vos bras, ce n'est pas une façon de l'élever.

— Peut-être pas des façons à votre époque, à la campagne. Ici, chez moi, je n'ai pas de leçon à recevoir. Je décide comme je l'entends.

— N'empêche, ce n'est pas une façon.

— C'est plus fort que vous. Vous voulez avoir le dernier mot. Ne faites pas la sourde oreille. S'il faut monter le ton, je vais le monter. Le môme se réveillera, vous aurez tout gagné.

— Le môme ? Il a sursauté tout à l'heure et s'est fourré la tête sous le traversin comme s'il ne voulait rien entendre.

— Nuche fait des cauchemars. Il lui arrive de crier.

— L'arrivée du petit frère ?

— Il va s'habituer. On aurait dû le prévenir. Il ne se doutait de rien.

— Jusqu'à quel âge vous allez le laisser gober toutes ces sornettes ? Serait temps de lui dire la vérité ?

— Quelle vérité ? Nuche ne demande rien.

— La vérité sur les choux, sur les hommes et le ventre des femmes qui enfle. Le mensonge est un poison à retardement.

— Il y croit. Est-ce qu'il pose des questions ? Jamais. Comme s'il préférait ne pas savoir.

— Vous ne pourrez pas toujours lui mentir. Ce jour-là, il tombera de haut. Pire qu'une trahison, il ne vous pardonnera pas.

— Pourquoi l'inquiéter avec des histoires dont il n'a pas idée ?

— Savoir d'où il vient, ça le regarde. Faudra bien finir par lui dire pour son père.

– Je me doutais que vous alliez en venir là. Depuis quand vous souciez-vous de lui ? Prétexte pour critiquer la fille au bâtard que votre fils a épousée. Si je mens à Nuche, je ne suis pas la seule. Dites-lui donc la vérité, toute la vérité, et n'oubliez rien. »

Sous le traversin à retenir ma respiration, je suffoquais. Quelle honte si elles m'avaient surpris à écouter ! Elles se seraient figurées que j'avais compris. A tort, j'entendais sans comprendre. J'entendais que la vérité avait priorité sur le mensonge. Perplexe j'entendais que les hommes arrondissaient le ventre des femmes et qu'il existait des bâtards. J'essayais de deviner si les oreilles en feuilles de chou caractérisaient les bâtards. Simple curiosité.

Mouche

Comment j'aurais pu savoir que j'aimais Mouche ?

Une fille. J'aimais une fille ?

Aux premiers rayons de soleil et jusqu'aux gelées d'automne, un bout de tissu flottait sur ses longues guiboles d'insecte. Sa peau se marbrait avec le froid. Elle ne s'en plaignait pas. Au-dessus des lèvres, une tache noire lui dessinait une fine moustache à la Charlot. Je m'en moquais comme elle se moquait de mes oreilles en feuilles de chou.

Le temps nous manquait. On profitait sans réfléchir. Elle passait l'année en internat chez les religieuses. Il restait peu à partager d'autant que son frère avait le chic pour l'appeler à tout moment. Besoin d'elle et sans délai. Elle le craignait. A la fin des vacances, habillée en uniforme d'écolière-soldat, jupe et cape marine, bas et béret verts, remorquée de force par l'aîné, elle ricochait jusqu'à la gare. Sa démarche de sauterelle m'était précieuse. C'était ainsi que je la gardais vivante dans ma mémoire.

La mère de Mouche allait bientôt rejoindre Grand-Père qu'elle ne connaissait pas. Les anges se chargeraient des présentations. En cachette du frère aîné on goûtait dans sa chambre, adossés à son lit, confitures à la cuillère et pain d'épices. Sentait-elle notre présence ? On la surprenait à bredouiller une langue énigmatique qu'on imitait avec fou rire. Elle chuchotait plutôt, à bout de souffle. Elle ne s'adressait pas à nous. Elle discutait avec des amis fantômes un peu sourds qu'on supposait penchés sur elle, pendus à ses lèvres pour ne rien perdre de ses paroles. S'éloignaient-ils ? Elle hurlait pour les rappeler.

La séparation approchait.

Mouche préférait habiter chez la tante Julie dans le Poitou plutôt qu'endurer son frère dans un appartement de la cité neuve en ville. De toute façon, elle déménageait. Dans le couloir, preuve qu'elle partait, son cartable et une valise de toile attendaient l'heure de l'autorail. Si Mouche était prête, je ne l'étais pas.

Le départ de Gusse se préparait aussi. Gusse que je jalousais quand Mouche se joignait à nos jeux. Gusse que je m'imaginais s'éclipsant avec Mouche. A tort.

Gusse à la tignasse jamais peignée. Son pantalon d'Arlequin rapiécé aux quatre coins s'effrangeait aux genoux et aux fesses qu'on voyait par transparence du tissu. Quand le vent mordait la peau, une cicatrice bleuissait sur sa joue droite qu'il mouillait de salive en guise de baume. Gusse le débraillé. Jamais boutonné, les bras en moulinets, sûr de ses pitreries, il se faisait dompteur de fauves pour notre plaisir. Son chien griffon tenait le rôle du tigre. Pour nous éblouir, et surtout éblouir Mouche, il s'inventait équilibriste sur le fil à linge. Torse nu sous la pluie, il s'essayait au mime. Il combattait au corps à corps des créatures féroces dans l'allée du jardin. Il avait un talent fou. Un arrosoir dégoulinant sur la tête, il devenait fontaine ruisselant dans l'escalier.

Le Père-Nuno, père de Gusse, ne travaillait pas. Il souffrait d'une grave maladie. Superstition et crainte de contagion, le nom de tuberculose ne se prononçait qu'à voix basse dans le voisinage.

D'autant que l'état du Père-Nuno s'aggravait et le contraignait à séjourner en sanatorium.

Gusse ne pleurait pas la séparation. Il avait fait provision d'assez de coups de ceinturon pour patienter jusqu'à la guérison. Non qu'il en faisait toute une histoire des raclées qu'il prenait. Gusse refusait de se tordre sous le cuir. Il bravait jusqu'à se vanter de danser sous le fouet sans baisser les yeux. Il ne se plaignait pas des corrections à sa mère qui jugeait qu'il les méritait. Les voisins et l'école, complices par refus d'ingérence et lâcheté, détournaient le regard. Quant à moi, épargné de telles maltraitances, je m'estimais plus sage que lui, pas loin de penser comme la Mère-Nuno qu'il les cherchait. J'aurais dû le consoler. Il ne me le demandait pas. Mouche s'y employait. Si ridicule à mes yeux quand elle soufflait sur les boursouflures de Gusse, y crachait sa salive et les léchait pour en apaiser le feu.

La Mamé-Nuno tenait son petit fils en obéissance sans lanière de cuir ni badine de noisetier. Elle écartait les bras et sa pèlerine nouée autour du cou se déployait en ailes de chauve-souris. Une apparition terrible. L'Enfer en personne menaçait de creuser le sol aux pieds de Gusse. N'avance plus ! Au moindre faux-pas le gouffre s'ouvrait et précipitait Gusse dans les braises de la damnation.

La Mamé-Nuno emmenait Gusse avec elle à la frontière espagnole où elle vivait en veuve. La guerre lui avait volé son sourire et son mari, probablement mort au combat. Quel combat ? Le cadavre vainement recherché n'avait pu répondre. Sa disparition avait alimenté le mystère et la famille en avait fait un tabou. Gusse, interdit d'esquisser une quelconque question sur son grand-père, imaginait les pires choses.

Le matin de son départ, Gusse m'avait apporté une montre dont les aiguilles brillaient dans la pénombre de nos mains réunies en forme de caverne. Montre volée à son père et cachée dans la niche du chien.

« Je l'ai payée bon prix. Elle vaut de l'or. »

L'épreuve répétée du ceinturon ne lui avait tiré aucun aveu. Pris de doute, le Père-Nuno s'était convaincu l'avoir égarée.

Chez nous on ne tenait pas debout dans le vide sanitaire sous la maison. Qu'importe l'aspect répugnant de l'endroit, on y était souvent fourrés. Dans ce terrier redoutable, Mouche avait crevé quelques mensonges sur les choux, les hommes et le ventre des femmes. Ses doigts mêlés aux miens avaient pris le temps de rechercher des preuves entre nos cuisses écartées. Nos mains aveugles exploraient des ourlets de peau, réveillaient des replis endormis. Ce que je découvrais me barbouillait le cœur. L'humidité de la cave et la puanteur des moisissures sur les planches entreposées se confondaient avec la transpiration de nos corps tripotés. Plus nos différences me devenaient évidentes, plus elles me chagrinaient. Elles creusaient un fossé entre nous et nous éloignaient à jamais l'un de l'autre.

Faudrait pas tout croire.

« Gusse, il connaît le secret des filles ? »

– Depuis longtemps. Il est plus curieux que toi.

– Tu lui as appris avant moi ?

– Je ne lui ai rien appris. Un après-midi pendant la sieste, il a surpris madame Lecoq à cheval sur son père. Il a joué les idiots, tu penses bien. Juré qu'il avait vu la voisine tenir compagnie à son père comme chaque jour en semaine. Soutenu qu'il n'avait remarqué sur le dossier de chaise que le ceinturon et une chemise. Pas assez stupide pour souffler mot du machin en dentelles ou du tablier à fleurs.

– Et toi comment tu le sais ?

– Je sais que je sais et que je ne préférerais pas.

– T'as jamais cru que les choux…. les roses non plus.

– Si. J'étais aussi nouille que toi. Tout gobé, tout cru, l'eusses-tu cru. Cru à la petite souris, au Père Noël, aux fées, aux anges. Je n'étais pas pressée de savoir. Ça m'est tombé dessus. Je n'avais rien demandé.

– Si tu savais, pourquoi tu m'aidais à écrabouiller les larves. Tu aurais dû...

– Me moquer pour te faire de la peine ? Disons que j'y croyais. On peut oublier de savoir pour retrouver l'enfant qu'on était.

– Alors pourquoi m'apprendre maintenant ?

– Je pars, Nuche. Je suis presque déjà partie. Tu veux garder le souvenir d'une menteuse ?

– Je préfèrerais une menteuse qui reste.

– Qui ne reste pas, Nuche. Je pars.

– On va se revoir quand ?

– Jamais. Sauf à décider tous les deux qu'on désire se revoir plus que tout.

– Alors, je décide que oui. A toi de dire."

Accroché au grillage, je sentais les gaz d'échappement du corbillard qui patinait en reculant sur les gravillons de la cour. Il manœuvrait pour s'approcher de la porte d'entrée. La Mère me cherchait.

« Qu'est-ce qu'il regarde, le drôle ? Le malheur des gens ce n'est pas un spectacle. »

Habillée de son uniforme marine et vert d'écolière, Mouche m'avait aperçu. Elle avait lâché un instant la main du grand frère qui l'avait rabrouée et tirée pour la précipiter dans la voiture. L'avais-je entendue m'appeler ? Je suis resté sans voix.

Tout s'est arrêté là.

En fin de matinée, Gusse traînait les pieds vers la gare. La Mamé-Nuno le poussait d'une bourrade dans le dos à chaque fois qu'il se retournait. A chaque fois il trébuchait à mon intention pour m'amuser jusqu'au dernier instant. Je les avais perdus de vue comme ils arrivaient à la hauteur des baraquements.

Seul le son des trompes des cheminots en grève me parvenait. Le Père participait, contre l'avis de la Mère. Les haut-parleurs annonçaient le retard du train à destination d'Irún. Avec l'accent du Midi le chef de gare récitait dans un souffle continu le nom des villes desservies : Poitiers, Ruffec, Angoulême, Bayonne.

A la radio la reprise du travail n'était annoncée que pour le lendemain. Mais la Mamé-Nuno ne se fiait pas aux informations et n'avait pas reporté le départ. Tant pis si les wagons débordaient avec des voyageurs jusque sur les marches-pieds.

Traversée des âges vers l'enfance.

A force de reporter ma rencontre avec Nuche, le môme que j'étais il y a bien longtemps, j'ai conscience d'avoir trop tardé et je me demande si je n'ai pas déjà perdu le fil d'Ariane qui nous reliait l'un à l'autre. Le plus souvent j'affuble Nuche d'un surnom. Sans intention consciente de me moquer, mais avec un fond d'arrogance probable, je l'appelle *le drôle* ou *Feuilles-de-Chou* ou *le drôle Feuilles-de-Chou*. L'adulte que je suis devenu s'imagine rejoindre l'enfance sans renoncer à la condescendance des grandes personnes. Écrire que Nuche me manque est un aveu trop impudique de faiblesse qui s'atténue si je dis que Feuilles-de-Chou me manque. Que de contorsions pour dissimuler ses sentiments!

Mon existence et mon avenir n'auraient plus aucun sens si je ne parvenais pas à le rejoindre dans le passé. Notre passé. L'entreprise tient de la folie et je ne serais pas insensible au rire des héritiers s'ils connaissaient mon intention de traverser les âges. Fort heureusement, je me suis gardé de les informer. Leur logique aurait eu raison de mon projet déraisonnable. Leurs soupçons de gâtisme m'auraient tôt ou tard convaincu de déléguer à la gériatrie les errances de mon esprit. Je m'abstiens par conséquent de leur livrer le détail de mes combines dont j'attends qu'elles me guident vers l'enfant que j'étais et plus encore qu'elles organisent notre rencontre. Je suis devenu méfiant et j'en ai sûrement déjà trop dit.

J'arrive à l'âge où retourner en enfance cesse de passer pour une aptitude à l'imaginaire pour devenir un symptôme qu'il convient de soigner. Soucieux de me tenir à l'écart de la camisole, des poudres et des seringues, qu'on excuse ma discrétion sur les moyens de parvenir à mes fins. Si j'échoue, lecteur, vous serez aux premières loges pour critiquer mon enfantillage. Si je réussis, libre à vous d'estimer que je mens.

J'assume.

Pour ne pas s'égarer dans l'histoire qui suit, qu'on sache (et sauf fanfaronnade pour épater, je ne dévoilerai rien de mes acrobaties pour traverser les âges) qu'on sache donc qu'un demi-siècle me sépare de Nuche, le môme que j'étais autrefois. Qu'on sache aussi que les empreintes qui me guident vers lui se sont en partie effacées. Le quartier n'existe plus. La nouvelle gare TGV a enchâssé l'ancienne sous une verrière monumentale. Le bitume a coulé sur les gravas des baraquements. La haute tour qui dominait nos maisons basses est démolie.

Tant de changements m'ont d'abord désespéré au point d'envisager de renoncer avant d'entrevoir ma chance. Les traces matérielles ne sont qu'apparences trompeuses, des sirènes qui sé-duisent, égarent et engloutissent. Le passage temporel existe en nous. Mais comment se faufiler entre les âges ? Par quel interstice s'avancer entre deux époques superposées ? Quelle fissure des années dissimule la porte d'entrée ?

Doté d'une mémoire lexicale qui devient approximative, je consulte pour un oui, pour un non, un dictionnaire que je ne prends plus la peine de ranger dans la bibliothèque si bien que sa couverture est défraichie. Je ne saurais expliquer dans quelles circonstances il m'est apparu le grimoire que je cherchais. La suite est secret de Polichinelle. Lequel d'entre vous ignore que les mots, plus efficaces que n'importe quel passe, sont des rossignols capables d'ouvrir des univers qu'on croyait disparus ? Ils rapprochent les temps jusqu'à la simultanéité. Ils établissent entre générations des dialogues jugés impossibles.

Je pioche un nom, Gusse. Un deuxième, Mouche.

Bonne pioche. J'y suis.

Je vois Nuche, que je surnomme Feuilles-de-Chou. Une casquette trop enfoncée décolle ses oreilles. Ses cheveux tondus haut dégagent sa nuque et ses tempes. Il a une goule de fille que j'avais oubliée. Je l'observe.

Les mains du drôle sont blanches de tant serrer le grillage. À quoi pense-t-il à cet instant ? Quelles idées lui passent en tête ? Comment me souvenir sans inventer ? On se figure connaitre celui qu'on a été. A tort. Lui, Feuilles-de-Chou, m'ignore. Tant mieux. Mon intention n'est pas de lui révéler mon identité. Je garde mes distances. Il est hors de question de me mêler d'une histoire qui ne m'appartient plus.

La tentation d'intervenir existe pourtant. Je me décevrais de me comporter en témoin impassible. Je détesterais me satisfaire d'assister aux péripéties avec la paresse du lecteur qui attend la suite sans bougonner contre le déroulement imposé par l'auteur.

Je ne prétends pas corriger l'enfance de Nuche. Est-ce qu'on réécrit une vie ?

Le drôle Feuilles-de-Chou ne verse pas une larme. Il se retient de respirer, immobilisé dans un instantané photographique qui suspend la fin de son enfance. Il ignore qu'il en porte le deuil et ne peut comprendre ni pourquoi ni contre qui il enrage tant.

Me faudrait-il me précipiter apaiser sa colère ? Mon devoir (mais qui parle de devoir quand c'est le cœur qui parle ?) n'est pas de le prévenir des épisodes qui l'attendent. A son âge, rien n'est encore arrêté que je sache. A quoi lui servirait de connaître ce que j'ai vécu pour entreprendre de vivre ? Pour ma part, j'ai toujours écouté les conseils mais ne les ai jamais suivis. Le drôle ne saurait réagir autrement.

Pour être franc, aurais-je souhaité me présenter à Nuche que je n'aurais su comment m'y prendre sans l'effrayer de notre identité commune en dépit de nos cinquante années d'écart. Pour autant, je ne renonce pas à le rencontrer. Question d'opportunité qu'il me faudra saisir. Toute impatience à engager un dialogue dès maintenant conduirait à l'échec autant pour lui que pour moi. J'ai conscience que je ne résisterais pas à l'envie de le détourner de ce que j'ai vécu pour qu'il m'offre une autre existence.

Entrer en contact avec lui est prématuré. Je m'oblige à me tenir à distance par choix. Non par crainte d'une quelconque difficulté à établir entre nous une proximité. La simultanéité temporelle ne pose aucun problème à notre époque. Nombre de générations que les années devraient séparer se rencontrent, se tutoient et fusionnent leurs désirs en projets d'avenir. Observés à la loupe de l'univers, jeunes et vieux se confondent. L'écart d'âge s'estompe sous la toise du Temps.

De l'autre côté de la rue, Feuilles-de-Chou n'a pas changé de position. Je le vois comme je vous vois. Je pourrais l'appeler, le prendre dans mes bras. Rien ne m'interdit d'entrer dans sa vie. Me comporter en intrus m'embarrasse pourtant, me retient même s'il est bizarre de craindre l'intrusion dans sa propre vie. Sinon que j'ai cessé d'être ce gamin-là.

Des années nous séparent. Je ne suis plus autant convaincu de vouloir modifier le passé. A force de reporter mon retour à l'enfance, suis-je arrivé trop tard ?

Avec ce que je sais aujourd'hui, je pourrais intervenir pour réorganiser les événements à mon avantage. Un spécialiste guérirait la mère de Mouche. Les obsèques n'auraient pas lieu, la séparation non plus. L'enfance se prolongerait quelques années. L'adolescence venant, Nuche et Mouche enrichiraient leurs caresses, fortifieraient leur amourette ou s'en lasseraient. Avec quelle facilité je pourrais corriger le cours de la vie, donner un coup de pouce au destin, simple assistance à personne en danger. Qui crierait à l'ingérence ?

A traverser le temps, je m'illusionne à croire qu'une pichenette dans l'ordre chronologique suffirait à rectifier l'histoire d'elle-même par effet de cause à conséquence. J'interviendrais si peu et le départ de Mouche s'annulerait. Combien de larmes ravalées ! Le train et ses wagons se recaleraient sur les rails d'un bonheur ininterrompu. Aucune perspective plus prometteuse ne saurait me leurrer de raccommoder une existence.

Bien sûr je n'en soufflerai pas un mot au drôle. Qu'il ignore mes retouches à notre histoire. Qu'il reste à l'écart de mes anachronismes. L'influencer ne signifie pas le mener par le bout du nez, ni le tromper. Tricher n'est pas dans mes intentions à moins d'être victime de ma propre supercherie. Toute vérité est relative à celui qui l'énonce comme à celui qui l'adopte.

Relativisons donc.

Alors oui. Si j'exerçais mon pouvoir et corrigeais les événements, Mouche n'irait pas loger chez la tante Julie. Il n'y aurait pas de séparation, pas d'au revoir.

Alors non. Nos doigts emmêlés entre nos cuisses n'auraient pas déniché les mensonges. J'aurais poursuivi les larves dans les choux et pour combien de temps encore.

Alors non. Si j'arrivais à exercer mon pouvoir de retenir Mouche, elle n'échapperait pas aux sévices de son frère. Comment aurais-je pu me douter qu'elle n'avait pas le choix de rester ?

Pour retenir Gusse, et pour ne rien dire d'un traitement médical qui de nos jours renverrait son père au travail, j'emploierais mon pouvoir pour envenimer la revendication des cheminots, radicaliser leur grève. Je m'allongerais sur les rails aux côtés des camarades et je bloquerais l'Express à destination de Bayonne. Les conducteurs réquisitionnés ne lâcheraient pas la vapeur. Gusse ne partirait pas et pendant le retour de la gare, il accélérerait le pas loin devant la Mamé-Nuno. Il shooterait dans les graviers du trottoir en chantier.

Notre séparation serait reportée d'un après-midi ou deux. On mélangerait nos goûters, assis dans l'escalier sans rambarde qui donnait sur le jardin et les voies ferrées. On échangerait nos tartines, saucisson à l'ail contre confiture à la tomate verte. Gusse demanderait où j'ai caché la montre. Je me vanterais des vérités que je venais d'apprendre de Mouche et je ne m'attarderais pas sur mes ignorances. On se mentirait qu'on est beaucoup mieux sans elle, obsédés tous les deux de son absence.

Le bonus d'un après-midi modifierait-il le cours de nos existences ? À quelques heures près, en plus ou en moins, Nuche serait-il devenu un adulte différent de ce que je suis ?

Assez de tergiversations. Je garde mes suppositions et mes regrets pour le jour où la sénilité me limitera à la reconstitution sans fin des épisodes de ma vie et au coloriage des souvenirs sauvés de l'oubli. Tout arrivera à son heure. Pour l'instant j'ai encore l'âge et la force d'agir. L'urgence est d'arracher le drôle du grillage où ses mains se blessent.

Monsieur Oui-Non rencontre Nuche

Sur le terre-plein d'en face, les bétons et les ferrailles des logements en construction s'élevaient bien au-dessus des cabanes de chantier où logeaient surtout des travailleurs étrangers. Un monsieur, genre maître d'école qui aurait imité Trenet, agitait son chapeau dans ma direction. Front dégarni et vastes oreilles dépliées, c'était bien moi qu'il saluait. Je le pris d'emblée pour un simple d'esprit. Était-ce son allure déguisée ou l'anomalie de sa présence sur le trajet de brouettes lourdes de glaise qui le contournaient pour l'éviter ? Les terrassiers rectifiaient la trajectoire de leurs pelletées et de leurs pioches pour prévenir l'accident. D'où sortait cet hurluberlu sans bottes qui trainait dans la boue au bord des tranchées ?

« Bonjour Nuche, triste journée, n'est-ce pas ?

— On se connait ?

— Oui et non. Autant qu'on croit se connaitre.

— Je vous préviens, je n'entends rien aux énigmes. »

Sa voix m'effrayait moins que l'étrangeté de notre dialogue et mon aplomb à répliquer. Ni le raclement des outils ni l'espace de la rue qui nous séparait ne gênaient notre conversation. Je nous entendais aussi distinctement que si je m'étais parlé à moi-même.

« Triste journée pour qui ? Pour vous ou moi ?

— Quelle différence ? Quand nos amis nous quittent, on est orphelin.

— Vous connaissez Gusse et Mouche ?

— Oui et non.

— C'est une manie chez vous de ne pas décider. Oui n'est pas non, d'accord. Oui et non ne riment à rien. Pourquoi grandir toute une vie si on ignore autant qu'un enfant les réponses aux questions ?

— Disons oui. Je les ai connus.

— Vous m'embrouillez avec la conjugaison.

— Conjuguer le présent et le passé n'embrouille pas les temps et les rapproche au contraire.

— Parlez-moi plutôt de Gusse et de Mouche

— Ils me manquent encore aujourd'hui. Chaque jour je me promets de les rechercher. Chaque jour je repousse au lendemain.

— Monsieur Oui-Non, vous mentez. Si vous aviez connu Mouche vous sauriez qu'il faut décider ce qu'on désire le plus. Moi, j'ai choisi.

— Je le croyais aussi. Le chagrin de la séparation nous donne l'illusion de choisir. On se promet de se revoir. La blessure nous aveugle. On enrage contre l'injustice du destin qui nous désunit. On prête serment qu'on ne se laissera pas dicter nos amitiés. Pour se prouver sa détermination, sur les barbes pointues du grillage on se griffe les mains jusqu'à saigner. La nuit passe et le lendemain au réveil... »

Un bref instant j'avais détourné mon regard sur les marques de mes doigts. Il s'était tu.

« ... au réveil donc je me préparais à partir les retrouver. Dehors je me concentrais sur l'ultime endroit où Gusse et Mouche avaient disparu. Les yeux écarquillés je croyais les apercevoir au-delà des toits, des villes et des distances qui nous séparaient.

Toute la matinée je me suis entêté à m'inventer des solutions qui se révélaient irréalistes. Je pressentais que j'allais renoncer à les rejoindre mais refusais de l'admettre. Humilié de me découvrir si infidèle à ma parole, j'ai compris dès lors que je m'accrocherais à jamais à la clôture pour immortaliser l'instant où je les voyais encore. Déçu de ne pas me mettre en route, je doutais de mériter la montre de Gusse. Je doutais de mériter les leçons de Mouche.

– Moi, je ne renoncerai pas.

– Bravo ! Compte sur mes échecs pour t'aider.

– Vous n'êtes donc pas le mieux placé pour... »

La Mère appelait par la fenêtre de cuisine.

– Avec qui tu parles ?

– Quoi ?

– On te cherche partout. Avec qui tu parles ?

– Tout seul. Je cause tout seul »

Chez nous

Chez nous, je m'étais approprié le dessous de notre table où j'avais mon toit, sorte de maison gigogne emboitée dans le ventre de notre maison. J'y lisais et relisais mes deux livres d'école. Seul, je m'y ennuyais la plupart du temps. Corps en boule, jambes et bras repliés, j'attendais les visites de l'imagination et le plus souvent elles venaient aux rendez-vous. Je ne saurais dire combien de fois je délivrais la Reine des fées tenue à la merci d'un frère jaloux de sa beauté. On s'éclipsait jusqu'au potager. Les choux frisés s'inclinaient sur notre passage. On s'avançait au bord de la voie ferrée. Je devenais alors le wagon préféré d'une maman locomotive dont la fumée coloriait pour moi les nuages dans le ciel. Arrivé sur le quai d'une gare, un brigand des Pyrénées m'offrait la montre d'un roi si cruel que je promettais à la Reine des fées de le pendre à son ceinturon.

Mes personnages, des habitués fidèles, je les disposais dans ma mémoire comme dans un coffre à jouets. J'y rangeais les scénarios de nos aventures. C'était le contenu le plus précieux de ma collection. Mouche s'avérait ma meilleure complice pour interpréter les rôles. Gusse ne s'intéressait qu'aux combats.

Mouche et Gusse partis, ma puérilité n'envisageait qu'un recours à la magie pour les rejoindre. Cruauté de la réalité, je ne maîtrisais qu'en rêve les sortilèges. Si l'ennui donnait libre cours à mon imagination dans ma maison gigogne, l'obsession de leur absence bloquait toute esquisse d'intrigue. Mon coffre à aventures ne marchait plus.

La Mère et Grand-Mère s'accordaient sur les conséquences de la grève des cheminots. Elles n'en espéraient rien de bon et l'argent ne rentrait plus. Les camarades cessaient-ils de manger quand, enfin lassés de souffler dans leurs trompes, ils rentraient dans leur foyer ? Faudrait-il bientôt fabriquer des billets, voler la farine et l'huile chez l'épicier, mettre le drôle à travailler chez les maraîchers ? La grève se préoccupait-elle des cinq bouches à nourrir ?

Le Père traversait la pièce sans s'attarder à argumenter faute d'oreilles disposées à l'écouter. Toute tentative d'explication, de justification pire encore, aurait déclenché les hostilités. Par horreur des querelles et par facilité, le Père se taisait. Depuis que Grand-Mère vivait chez nous, la Mère commandait et ne tolérait aucune résistance. Dans sa cuisine, dans sa chambre, dans sa maison, aucune revendication n'était tolérée, aucun appel à la grève imaginable. Toute décision lui appartenait. Bout-de-Chou lui appartenait. La cuisine et la chambre. La maison lui appartenait.

Le Père accrochait son bleu de travail au portemanteau, quittait ses brodequins pour des sabots, enfilait un paletot usagé, descendait au jardin. Il s'attardait dans la cabane en tôle. Sur la pierre à affuter, il donnait du fil à son couteau. Il parlait aux légumes tout en les arrosant, coupait une scarole à la racine, arrachait une poignée de radis qu'il lavait dans un seau en bas des marches.

« J'ai pas faim. Mal au ventre. Préfère me coucher.

— Va donc. Tu mangeras mieux demain. S'il en reste. Débarbouille-toi au robinet sans éclabousser. »

Au petit jour une main effleurait ma joue. Des doigts remontaient dans mes cheveux. Dans mon sommeil, je me prêtais à la caresse d'une voix qui chuchotait à mes oreilles. Grand-Mère était penchée sur moi.

« Je ne voulais pas te réveiller. »

M'enfonçant plus encore sous la couverture, j'étais resté allongé jusqu'en milieu de matinée. A l'idée d'être à jamais séparé de Gusse et de Mouche, je repoussais l'heure de me lever. Je m'obligeais à l'immobilité entre les draps. Presque inanimé, je suspendais le temps, retardais l'instant d'affronter l'absence. Je me persuadais qu'aussi longtemps je me maintiendrais loin de la réalité, aussi longtemps je garderais l'espoir qu'il me suffisait d'avancer sur la première marche en haut de l'escalier pour les entendre.

Je léchais les copeaux de chocolat râpé sur la tartine. Je mouillais le pain dans le bol de lait réchauffé. À l'autre bout de la table, la Mère lavait Bout-de-Chou avec un gant. La larve avait vomi et sentait le caillé. Ses longues pattes nues gigotaient, un insecte sur le dos incapable de se retourner.

« Une surprise t'attend sous l'escalier. »

J'avais tant désiré le retour de Nuche et de Gusse que je ne doutais pas qu'ils soient revenus.

Un chat peureux m'observait m'approcher. Il n'en menait pas large. Moi non plus, prêt à reculer s'il avançait. Recroquevillé, oreilles basses, poil souillé de boue, l'air d'un moineau transi, il se tassait dans du papier journal chiffonné au fond d'un cageot. Soumis ou déterminé à rester, l'animal ne manifestait aucune intention de fuir.

A la cave où le Père laissait jeûner des escargots, il était tombé sur une bête pouilleuse qu'il avait prise pour un rat répugnant. Muni du manche d'un râteau, il avait essayé de la déloger. L'intrus n'avait pas déguerpi. Au contraire il s'était rapetissé sous les coups. Il refusait le combat, laissant le Père décider de son sort. La bête vaincue s'était trahie dans un miaulement de capitulation. Mortifiée par son allure repoussante, elle avait abandonné toute dignité. Le Père, qui n'était pas si cruel, s'était approché. Il se méfiait des griffes d'un animal blessé. Plus sale et détrempée qu'une guenille dans un caniveau, la chatte n'avait pas résisté aux mains qui la soulevaient.

Elle séchait au soleil en bas de l'escalier dans un cageot rembourré de journaux.

La chatte n'avait pas plus faim que moi. Je m'attendais à la regarder laper le reste de lait refroidi de mon petit déjeuner. Elle s'en désintéressait, peut-être dégoutée par la boîte de conserve dont j'avais rempli le fond. Accroupi à distance, j'observais sa respiration sans la toucher ni lui parler. Elle m'observait aussi. Elle ne ronronnait pas, ne miaulait pas. Quelles pensées lui passaient par la tête ?

Mes propres pensées étaient embrouillées. J'essayais d'imaginer Gusse à la frontière espagnole chez la Mamé-Nuno. Je n'y arrivais pas. Au moins là-bas il ne craignait pas le ceinturon. Je rêvais à Mouche. J'espérais entendre sa voix m'appeler. La chatte ne baissait pas les yeux. Elle s'habituait à ma présence. Combien de temps resterait-elle à récupérer avant de partir à son tour ? Je préférais ne pas lui donner de nom. On ne s'attache pas à une inconnue.

Sous une traverse, j'avais creusé une niche dans les cailloux du ballast. J'y avais caché la montre. Les aiguilles tournaient à peine. La plus grande avançait par bond. Le temps s'éloignait à saute-mouton. A force de trotter, d'autres heures, d'autres jours allaient nous séparer. Suffisait-il d'arrêter la montre, d'inverser le mouvement, de tourner le remontoir en arrière, tac-tic, pour que Gusse et Mouche me reviennent ? Faudrait pas tout croire, m'assurait Mouche. J'avais perdu l'âge des mensonges mais j'en conservais le goût. En ultime recours je n'écartais nullement la possibilité d'en user. Même s'il me semblait plus réaliste de longer la voie ferrée pour les rejoindre.

L'heure arrêtée au cadran de la montre

La chatte miteuse a suivi le drôle Feuilles-de-Chou sur le ballast. Allongée à quelques traverses de lui, elle ne le quitte pas des yeux. Nuche l'ignore, préoccupé de trop de questions à résoudre avant d'espérer rejoindre Gusse et Mouche. Il cherche quelle voie ferrée choisir qu'il pourrait longer à pied. Il se perd dans l'enchevêtrement des rails. La multiplicité des aiguillages le déconcerte. Il doute de réussir à bifurquer dans la bonne direction.

Le talus vibre. Il reconnaît l'haleine brûlante de la loco avant même d'entendre le sifflet qui lui hurle de dégager. Une touffe de poils lui saute au visage et le renverse. Sur le marchepied, un cheminot pointe son drapeau rouge dans la direction du môme pour lui signifier qu'il mériterait une friction aux orties.

Il a basculé dans l'une des trouées que creusent les terrassiers pour le chantier des caténaires. Du bord de la tranchée, la chatte penche la tête vers Nuche. Ses yeux clignent avec indulgence. Le môme est maintenant aussi pouilleux qu'elle au sortir de la cave.

Du coup, la montre a dégringolé de sa main. La grande aiguille, alignée à la perfection dans le prolongement de la petite, ne joue plus à saute-mouton. Dans la pénombre du fossé toutes les deux scintillent pourtant. Le remontoir bloqué n'avance ni ne recule. Le temps est arrêté sur dix heures vingt.

Le drôle Feuilles-de-Chou se demande ce qu'il faisait la veille à cette heure-là. Dix heures vingt. Les ultimes préparatifs de départ se précipitaient. Il ne réalisait pas l'imminence de la séparation d'avec Mouche et Gusse. Il ne se doutait pas qu'avec eux s'éloignait l'enfance et qu'il en vivait les derniers instants. Dix heures vingt. La veille à cette heure-là, Mouche l'avait délivré du mensonge des choux. Il s'en réjouirait s'il n'était maintenant seul pour supporter la vérité.

J'ai eu peur pour le môme. Même si la grosse vapeur était en manœuvre et n'allait donc pas si vite, elle arrivait droit sur lui qui ne bougeait pas. J'étais bien trop loin pour le tirer en arrière par le bras. J'ai beau me maintenir à distance et me répéter que mon rôle n'est pas d'intervenir dans l'existence de Nuche, je l'aurais fait. Les circonstances ont décidé que je ne m'en mêle pas. Les circonstances probablement, à moins de reconnaître que je ne dispose d'aucun pouvoir d'action sur une réalité dont je ne suis que le témoin. Pour l'instant il ne me presse pas de tirer cette question au clair. Ayant passé le plus fort de mon existence dans l'à-peu-près, la certitude ne saurait être une urgence. Qu'importent les raisons qui ont borné mon rôle aux coulisses, pour l'essentiel de l'histoire ma propension à l'ingérence a épargné le drôle.

Une évidence m'échappe. Cinquante années de plus que Nuche ne valent pas autorité pour lui dicter des choix qu'à son âge j'ai négligés. Au mieux, profitant de l'anachronisme de ma situation, j'observe le drôle pour comprendre ce que j'ai vécu. Ses pensées me sont inaccessibles alors j'interprète ses gestes, ses bouderies, ses sautes d'humeur. Au pire je l'espionne comme si je cherchais les indices d'une trahison. A cette époque-là les répercussions de mes agissements ne m'importaient pas.

Je l'espionne plus que je ne l'observe, avec la conviction de découvrir la preuve de quelque chose que j'ai raté à son âge ou que je n'ai pas su saisir. L'obsession me poursuit d'avoir renoncé à une opportunité qui m'aurait porté vers une autre vie que la mienne. Je ne me plains pas d'être devenu ce bonhomme indécis qui n'a pas le courage de ses désirs. J'en ai pris l'habitude. Je le traite en inconnu, presque en intrus. Je feins de l'ignorer le plus souvent. Nuche a vu juste. Même si je ne crois pas à la Vérité qui sortirait de la bouche des enfants, je porte en moi assez de puérilité pour penser que Feuilles-de-Chou me révélera une part de ma vérité. L'écouter est mon dernier espoir de la connaître et de la supporter.

Dans le fossé, le drôle ramasse sa casquette et il l'enfonce jusqu'aux oreilles. Il examine la montre, la secoue, frotte le verre sali. Une Pirofa 17 rubis. Cette montre, je la conserve depuis toutes ces années avec l'intention de la donner à réparer. Je ne l'ai jamais fait. Sans me l'avouer, j'imaginais qu'elle reprendrait sa course d'elle-même. Je ne tiens pas mes promesses. Pas une fois je n'ai consulté l'annuaire pour téléphoner à Mouche. Pas une fois je n'ai acheté un billet de train pour la frontière espagnole. Quelle affligeante prétention que d'oublier l'enfance !

Plume

Je m'agrippais des coudes et des genoux. La chatte suivait mes essais pour m'arracher de l'argile de la tranchée. Des frissons ébouriffaient son poil. Des mèches claires sous son ventre me semblaient un duvet de moineau. Drôle d'oiseau qui me volait dans les plumes et s'étonnait l'instant d'après d'être la cible de mon humeur et de mes grossièretés. Je remontais au prix de la saleté.

« Regardez-moi dans quel état il revient ! Faudrait mettre à bouillir le môme avec ses guenilles. »

Je passais la tête par dessus bord. Croyez-vous que la chatte aurait déguerpi pour me laisser la place de sortir ? Mon front, ma bouche, mon nez auraient frotté contre sa gueule si je ne l'avais contournée. Mes doigts fichés dans la terre me servaient de crochets d'arrimage. Mon menton remplaçait un piolet. Je dégageais mes épaules du trou. Je plaquais ma poitrine contre le sol. Mes guiboles se tortillaient vers un appui stable pour me tirer de là avant que mon derrière ne me bascule par le fond.

Au point de saleté où j'en étais, je restais vautré sur le ventre à la hauteur de la chatte, à portée de son souffle. Je me trainais vers elle. Elle s'aplatissait mais ne reculait pas. Plus j'approchais, plus elle pesait de tout son poids contre le sol. Bien obligé de ralentir mon avancée. Mes mouvements se décomposaient en une succession de gestes immobiles. Elle ne baissait pas les yeux. Moi non plus.

Le premier de nous deux qui …

Je pensais à Gusse quand par temps de neige on s'essayait à attraper les étourneaux. On les attirait avec des croûtes émiettées entre les rails. On rampait au plus près d'eux jusqu'à sentir leurs ailes se déployer quand, croyant les saisir, ils nous échappaient. Je m'attendais à voir la chatte s'envoler au dernier moment.

Ma main remontait entre ses oreilles.

« On se connait ? Qui t'envoie me sauter au visage ? Est-ce toi, Mouche, revenue dans un corps de chat ? »

Plume fermait les yeux. Mon nez frottait contre le sien. Mes doigts s'enhardissaient dans ses poils au risque de déloger des colonies de puces prêtes à me sucer le sang. La Mère s'effrayait des puces et des bestioles en général. Pas seulement celles qui sautent, rampent, piquent. Elle redoutait le microbe, le pou, la vermine qu'elle supposait grouillant à notre porte, pressée de nous contaminer. Elle pourchassait les araignées, les mouches et les fourmis. Elle lançait des pierres aux matous clochards qui fouillaient les poubelles, pullulaient dans les détritus, flemmardaient sur nos marches à gratter leurs maladies. Depuis que Bout-de-Chou vivait chez nous, la maison sentait l'eau de Javel et l'éther. C'était la hantise de la Mère que je rapporte des saletés du dehors.

Je reniflais Plume. Elle sentait le linge chaud qui sort de la lessiveuse.

« Sans toi, je serais écrabouillé, une purée de larve sur les rails. Parti Nuche avec le train comme Gusse chez la Mamé-Nuno. »

Ma joue caressait la sienne. L'odeur de ses poils que séchait le vent ne me repoussait pas. Mes lèvres murmuraient à son oreille qui par instant frétillait à me chatouiller. Je chuchotais, attentif à ne pas l'effrayer.

« Tu fais ta maline parce que tu as toujours su d'où viennent les bébés. Moi j'ignorais. Mais à quoi me sert la vérité maintenant que je n'ai plus mes amis ? Pour ça et pour d'autres raisons qui ne te regardent pas, disparaitre sous le train c'était partir avec eux et rejoindre Grand-Père aussi. Toi, tu ne me racontes pas ce que tu trainais dans la cave, boueuse et épuisée. Moi non plus je ne te dirai rien. »

Plume avait secoué la tête si fort que ma bouche avait avalé des poils. Bon sang, les puces ! aurait hurlé la Mère. Ne sautaient-elles pas maintenant sur ma langue, glissaient le long de ma gorge, nichaient dans mon ventre ? Plume s'ébrouait comme un moineau après sa toilette dans une flaque d'eau. Elle m'éclaboussait de ses bestioles qui se carapataient dans mes cheveux, s'y goinfraient de ma sueur. D'autres se précipitaient dans mon cou, déguerpissaient sous mon chandail, dégringolaient plus bas, beaucoup plus bas, là où Mouche avait délogé le mensonge avec nos mains. Était-ce les piqûres des tiques et des puces qui m'échauffaient entre les cuisses ou les répliques d'une caresse dont les conséquences m'échappaient ?

« Il n'empêche que la montre est cassée. A cause de toi. Pourvu que Gusse ne l'apprenne jamais. Les aiguilles sont bloquées. Dix heures vingt. Toi, que sais-tu des heures ? Le temps, crois-moi, ne s'arrête pas au hasard. Il pointe son doigt sur dix heures vingt et tu te demandes pourquoi cette heure-là te préoccupe. Je ne peux m'empêcher de penser qu'elle marque une frontière avec tout ce qui existait avant. Avant que tu ne sortes de la cave. Avant la séparation. Plus avant encore. Avant Bout-de-Chou. Jusqu'à aujourd'hui je ne vivais qu'au présent. Le passé et l'avenir me sont tombés dessus. Avant. Après. Avant les révélations de Mouche. Après le mensonge. Dix heures vingt. Le temps ne s'arrête pas au hasard.

« Tu comprends, Plume ? Chaque jour à dix heures vingt, l'acier des rails crissera à mes oreilles et je me souviendrai que j'aurais dû partir avec le train. Demain quand j'aurai douze, treize, quatorze ans et plus tard devenu un homme, je me questionnerai. Pour quel destin différent m'as-tu renversé dans le fossé à dix heures vingt ? A la fin de la fin, il sera dix heures vingt une dernière fois. Tu seras bien trop vieille pour bondir sur moi. Je serai trop sourd pour entendre ferrailler la loco. D'ici-là les trains auront des ailes, on s'envolera avec eux. »

L'idée d'une carabine

La Mère et le Père ignoraient que j'avais donné un nom à la chatte. Plume. Un chat qui aurait des ailes, ça existe si on le décide. D'accord Mouche, pas tout croire, mais est-ce si grave de faire semblant ? Plume volait pour moi seul, m'emportait sur son dos jusqu'à la frontière espagnole. Qui cela gênait-il qu'elle me conduise passer l'après-midi avec Mouche ?

Chez nous je ne racontais pas mes journées. On ne me demandait pas de compte-rendu tant que je revenais sans punition de l'école, tant que je ne déchirais pas ma chemise ou ma culotte. Bout-de-Chou pleurait la nuit, dormait le jour. Je l'entendais mais je le voyais peu. Le Père avait cessé la grève, partait tôt et rentrait à la nuit. La Mère l'accusait de profiter des réunions du syndicat pour s'attarder au café. Les camarades préparaient le prochain mouvement de contestation. Je récitais à Grand-mère mes leçons de choses tandis qu'elle coupait des légumes pour préparer la cuisson du perpétuel bouillon que j'avais en horreur. Elle préférait les résumés d'histoire qu'elle retenait par cœur mieux que moi.

Sous l'escalier qui descendait au potager, je donnais rendez-vous à Plume. Elle ne restait pas toujours là à m'attendre. A l'heure des casse-croûtes, elle trainait autour des cabanes de chantier. Je supposais que ses talents ne se limitaient pas à la mendicité et qu'elle s'y entendait à la chasse. Les souris pullulaient dans les ruines et sous les tas de planches de coffrage. La construction de la grande tour et des immeubles les délogeaient des anciennes caves et des friches où elles fouinaient encore. Plume n'était pas de la race à supporter la laisse. Elle ne rappliquait pas au premier sifflet. Son indépendance, combien je l'enviais même si j'étais conscient d'être trop poltron pour m'offrir des libertés. Pour autant, et malgré ses griffes et ses crocs de lionne, Plume n'était ni invincible ni sans peur. Pour preuve la loque souffreteuse que le Père avait sortie de la cave.

A mon avis dès qu'elle s'éloignait de chez nous, elle changeait de caractère, d'apparence. Je la soupçonnais de mener plusieurs vies selon les personnes et les lieux qu'elle fréquentait. Elle devenait une inconnue dont je n'avais pas idée, chapardeuse, tueuse ou pire. En quelle chipie, quelle ensorceleuse se métamorphosait-elle ? Pour sûr elle répondait à d'autres noms, Frisette, Peluche, Minouche. Elle se caressait à d'autres mains. Je me doutais que je n'étais pas son seul ami.

Je n'avais pas ses griffes de fauve et j'avais perdu mes dents de lait il y avait peu. On m'appelait Nuche où que j'aille et à vrai dire je n'allais nulle part.

J'attendais Plume, jambes écartées de chaque côté du cageot rembourré de papier journal. Je n'étais plus certain qu'elle y dormait chaque nuit. Je patientais en dialoguant avec Mouche. J'adoptais sa voix sans me tracasser de mon imitation approximative. On se comprenait. Je lui montrais les aiguilles arrêtées de la montre. Dix heures vingt. Cette heure-là ne lui rappelait rien et elle refusait toute coïncidence avec son départ. Je m'attendais à l'entendre répliquer que j'étais bien crédule, mais non. Pressée d'en finir, elle avait conclu que le hasard s'amuse sans réfléchir et qu'on n'allait pas réfléchir à sa place. Qu'il joue sans nous !

On s'était quittés deux jours plus tôt et Mouche avait changé, sa voix mais pas seulement, son attitude assurée et jusqu'à sa taille qui avait pris de la hauteur, presque de la supériorité. Elle me dominait et ses remarques infligées coupaient court à mes questions. L'intimité perdue de nos dernières leçons me manquait. Je fermais les yeux et l'écoutais m'expliquer que le temps n'allait pas se mettre en retard pour des aiguilles qui refusaient d'avancer. J'en aurais pleuré si Mouche, doigts caressants contre ma joue, n'avait devancé mes larmes. Laisse courir le temps, attrape une heure par ci par là, invente-là à ton goût. Profite !

Je n'avais pas profité de cette heure avec Mouche, pas réussi à l'inventer à mon goût. Dommage.

Plume arrivait, rampait à l'endroit le plus étroit sous l'escalier et s'étirait jusqu'à mes cuisses. Mouche avait filé. Son frère la harcelait jusque dans mes songes. La chatte n'avait pas exprimé un miaulement d'excuse pour son retard. Elle délaissait la soucoupe de lait que je lui tendais. M'écoutait-elle ? Je faisais les questions et les réponses. Elle ne me démentait pas.

« Pourquoi tu reviens me voir ? Ne me dis pas que tu refuses les caresses d'autres enfants de la cité ou d'ailleurs. Je ne sais rien de toi. Qui deviens-tu quand tu disparais ? Je ne te crois pas si docile et sage. Tu devais avoir une bonne raison de te cacher au fond de notre cave, à demi morte et dans quel état piteux, ma pauvre chatte. Si Gusse était là, il te dirait que tu n'avais pas la conscience tranquille. À qui voulais-tu échapper qui t'avait poursuivie, battue, noyée dans les caniveaux ? Je t'imagine quand tu traînes sur le chantier, te faufilant à l'intérieur des cabanes des ouvriers. Tu chipes leur nourriture. Tu ronronnes dans leurs couvertures. Garde tes secrets ? Ne me dis rien de tes escapades ni qui tu guettes la nuit ni qui tu voles car tu voles, drôle d'oiseau. Tu ne réponds pas ? »

Mes frayeurs nocturnes s'étaient aggravées depuis le départ de Mouche et de Gusse. J'étais orphelin, dépourvu du secours des mensonges qui avaient entretenu ma naïveté jusque-là.

L'idée m'était venue de posséder une carabine. Une vraie j'entends, pas un morceau de bois qu'on tient par une ficelle. Ce n'était pourtant pas l'usage d'une arme qui m'attirait. L'éventualité de m'en servir pour éliminer quelqu'un de mon entourage n'était pas une préoccupation consciente. Pour être franc, je n'avais pas la moindre idée de ce que j'attendais d'une carabine sinon que j'excluais de jouer avec. J'avais tant grandi ces dernières journées que la possession d'une authentique carabine m'avait paru une évidence. Tout juste instruit par les leçons de Mouche d'appartenir à la catégorie des garçons, j'entendais me préparer à devenir un homme.

Le fusil du Père-Nuno pendait au-dessus du buffet que Gusse escaladait avec agilité pour le décrocher. Il se vantait de savoir tirer et l'aurait prouvé si Mouche n'avait menacé de nous ignorer toute une semaine. Je sentais comme elle planer le drame mais mon attitude pousse-au-crime mettait Gusse au défi de s'exécuter.

Les armes m'indifféraient et je n'imaginais pas rêver un jour d'une carabine. Mouche se serait moquée de ces machins de garçons.

« Dommage, tu leur ressembles, Nuche. »

On se serait disputé. J'aurais dit que je regrettais d'être un garçon si ça la fâchait. Elle aurait ri. Je lui en aurais voulu de rire. Elle aurait mordillé ma bouche. Être une fille ce n'était pas gagné non plus.

Elle n'était plus là pour m'apprendre.

Le patronage

Je voudrais ne pas tricher avec mes souvenirs.

J'aperçois le drôle Feuilles-de-Chou sur le chemin de l'école. Vu de mes yeux vu, je l'aperçois. Il n'y a pourtant pas école le jeudi. Première fois qu'il ne reste pas à encombrer la maison, à attendre je ne sais qui sous l'escalier, à rêvasser au bord des voies ferrées. La Mère a décidé pour lui qu'il s'ennuyait. Qu'il était temps de l'inscrire au patronage des cheminots. Qu'il était assez grand pour s'y rendre à pied tout seul.

Un môme en culotte courte essaie de le rattraper. Je le reconnais bien sûr. Son nom m'échappe. Ça va me revenir. Ils se rejoignent à la hauteur de chez les Lecoq. Du moins autant que je m'en souvienne car le quartier de la gare est méconnaissable aujourd'hui. Je me repère au poste d'aiguillage qui est encore là où je l'ai vu construire. Yssanchou ! Le môme qui court après lui s'appelle Yssanchou. Il habitait un baraquement face à la gare avant d'être relogé dans la grande tour alors en chantier.

Madame Lecoq déteste Nuche à cause de Gusse qui l'a surprise avec le Père-Nuno. Toujours un mot pour le rabrouer. Elle prétend qu'il est mal élevé, qu'il ne dit pas bonjour. Tu as perdu ta langue mal poli ? Elle réserve son sourire pour Yssanchou dont elle craint le père qui commande dans les bureaux. La Lecoq a ses têtes et ses souffre-douleurs. Elle n'a que mépris pour sa voisine, dite la Polonaise à cause de son accent. Elle alimente tant de ragots à son sujet que le quartier ne fréquente pas l'étrangère. Étrangère sous toutes les coutures. Les femmes de cheminots ont la féminité modeste. L'étrangère, non, ce qui lui vaut d'être jugée hautaine. Son élégance flagrante provoque la suspicion. Sa différence dérange, trop pimpante pour être honnête. L'unanimité l'exclut tant elle dépareille dans notre rue aux maisons étriquées, coincées entre le chantier des caténaires le long des voies ferrées et les cabanes de planches et de tôles des terrassiers sur le terrain vague.

Le pire venait de ce qu'on supputait de l'activité de la Polonaise hors du foyer, faute de savoir la vérité. Pour quel travail partait-elle habillée en princesse ? L'incapacité de répondre à la question expliquait pour l'essentiel le dédain qu'on lui réservait. Ses allées et venues espionnées indiquaient que son service commençait quand les honnêtes gens se reposaient. La rumeur en avait conclu qu'elle embauchait aux heures de débauche. Chaque nuit, une voiture l'attendait. Où disparaissait-elle jusqu'au petit matin ?

Pas mieux informée que quiconque mais inspirée par sa contribution aux siestes du Père-Nuno, madame Lecoq avait des présomptions et ne doutait pas du commerce immoral de la Polonaise.

Le quartier sans débattre avait jugée que l'étrangère menait mauvaise vie. Pas un homme, du plus jeune des branleurs au plus âgé, tous autant fautifs des désirs qu'ils éprouvaient à la lorgner, pas un n'aurait éteint le bûcher si l'usage en fût encore d'actualité.

S'il n'était pas question de fréquenter la Polonaise, son mari en contrepartie avait nombre d'amis parmi les cheminots qui entrainaient au bistrot le camarade affecté aux aiguillages. Les verres se choquaient. A la santé des aiguilleurs et des cocus qui s'ignorent ! La griserie devenait salace. Question de mouiller du gros fil pour le foutre dans le chas de l'aiguille. Tous poussaient la chanson des costauds du rail quand ils vissaient les tirefonds à plein bras dans le chêne des traverses Trop doux pour la faire filer. Trop mou pour l'enfiler. Et l'aiguilleur avec eux chantait.

Le quartier ne fréquentait pas la Polonaise et tenait à l'écart ses deux blondinettes de gamines au nom du sectaire bon sens, telle mère, telle fille, qui préjugeait de la vulgarité innée des filles. L'honnêteté m'oblige à reconnaître qu'à leur jeune âge elles figuraient déjà l'esquisse de leur mère. Jolies à en rougir d'oser les effleurer des yeux.

Le drôle Feuilles-de-Chou ne se presse pas de parcourir le trajet du patronage. Il arrive tout juste au bout de la rue, là où s'arrêtent les logements des Chemins de Fer. Le quartier de la gare se termine avec l'économat, un magasin réservé aux cheminots.

A la fenêtre de la dernière maison, des draps se défroissent de la nuit. Un mécanicien-vapeur habite là avec sa femme. Lui, on le voit rarement. Il a la réputation de courir les primes de découchage si bien que la plupart du temps il est en déplacement de gares en dépôts. Elle, extravagante, s'est découvert des dons de guérisseuse. Une révélation survenue dans des circonstances étranges tandis qu'elle luttait contre les complications d'une fausse couche, la deuxième. Une force intérieure qu'elle ne soupçonnait pas mais qui devait l'habiter depuis des années s'était alors manifestée avec des effets fulgurants. En une journée ou deux guère plus, les fièvres et les infections avaient cessé de la martyriser. L'unique séquelle qui depuis lors n'a connu aucune rémission, avait coïncidé avec les réactions du quartier. Sa guérison par trop miraculeuse avait soulevé un vent de méfiance dans l'opinion commune qui croyait sentir l'odeur de soufre !

Le voisinage se tient sur ses gardes, complote contre l'ensorceleuse, qualificatif prononcé avec gravité mais à voix basse. Le voisinage tremble d'être à sa merci, sent planer l'ombre d'une menace que les médisances colportées enflent et noircissent. Trois siècles plus tôt le voisinage aurait dénoncé la sorcière et offert son mobilier pour allumer un bûcher. Le feu purificateur a perdu en notoriété aujourd'hui au profit d'autres voies aussi impénétrables.

L'illuminée ! Ainsi surnomme-t-on la femme du mécanicien-vapeur entre soi et d'un air entendu, avec la conscience tranquille d'avoir évité la terminologie de l'Inquisition.

Par superstition le quartier lui prête des pouvoirs indistincts, qu'elle n'a pas. Par précaution obscurantiste, le quartier se garde bien de creuser la question. Reconnaissons que l'illuminée n'est pas dans la manière habituelle des autres épouses. Son étrangeté aimante celui ou celle qui ose l'approcher et l'intensité de son attraction magnétique embarrasse. L'étrangeté aimante de cette femme qui n'est que bonté provoque une attirance séductrice qui met mal à l'aise. Lequel d'entre nous peut prétendre n'avoir jamais recherché ses soins, frissonné au frôlement de ses amulettes et autres charmes, sollicité le soulagement de ses mains, espéré ses guérisons spontanées ?

Il n'empêche qu'on ne la fréquente pas. Sa compagnie passe pour sulfureuse. Chacun attend la fermeture des volets à la tombée de la nuit pour venir la consulter en catimini. Éteindre des brûlures, calmer la morsure des zonas, combattre les insomnies, éliminer des verrues, soulager les corps tendus, tordus, rompus. Par les interstices des persiennes, le quartier observe les allées et venues chez la guérisseuse. Comme elle se montre disponible à la douleur jusque tard en soirée, le quartier lui taille une réputation de frivolité.

L'efficacité de ses thérapeutiques devrait lui valoir la reconnaissance en lettres majuscules. Au contraire, ses succès alimentent la méfiance et le dénigrement des miraculés eux-mêmes. Tel est le paradoxe de la raison confrontée aux mystères qui lui échappent. On tourne l'illuminée en ridicule plus qu'on ne la sous-estime. Pour être franc, comment se retenir de rire de sa bonté candide, de ses extases mystiques, de son amour sans frontières ? Elle ne se cache pas de tenir conversation avec des esprits, des amis intimes précise-t-elle avec l'assurance grave d'une déséquilibrée. Plus humble qu'une sainte, elle affirme que ses mains seraient aveugles si ses guides cessaient de l'inspirer. Quel aveu de folie ! Si seulement elle gommait du visage son expression de béatitude. Si seulement elle en finissait de tolérer nos réticences, de pardonner nos pudibonderies quand notre peau s'échauffe sous ses doigts, que ses bras nous enlacent et que sa poitrine de nourrice s'écrase à portée de bouche.

La femme du mécanicien-vapeur n'accepte pas de monnayer le bienfait de ses effleurements et de ses incantations. Cadeau du destin qu'elle partage avec son prochain. Elle se consacre donc à donner du bonheur à autrui. Ne soupçonnant pas la malice de l'expression, fallait-il qu'elle raconte alentours qu'elle vouait sa vie, corps et âme, à donner du bonheur ? Pauvre femme à l'esprit simple traitée en simple d'esprit.

« Donne de l'amour, ton mal va guérir. »

Aimer n'est pas la pire des pénitences. Alors, tandis que la consultation se termine, que le corps garde encore la mémoire des douleurs qu'elle vient de chasser, on lui promet de donner de l'amour matin, midi et soir. Paroles d'hypocrite qu'on ne tiendra pas. Mais qui serait assez stupide pour s'opposer, les yeux dans les yeux, à celle qui ordonne au mal ?

On ne quitte pas la guérisseuse, on patiente qu'elle en décide. Sur le chemin du retour sa présence accompagne et pèse sur les épaules. La douleur a disparu. Impression ou non ? On ne joue pas le mécréant de crainte que la souffrance ne ressurgisse. Ce n'est qu'au lendemain qu'entre voisins cheminots on lâche le ricanement, preuve qu'on ne se laisse pas embobiner par ses sourires de nonne, ni par le latin de ses formules. On se gausse des manières de l'ensorceleuse, femme si peu farouche qui tient conversation avec des anges pour ne rien dire des esprits d'ici-bas qui s'invitent à l'heure du thé. Est-elle si naïve pour recevoir au vu et au su de tout le quartier de la gare les visites assidues du prêtre-ouvrier ?

A constater son acharnement à donner du bonheur, on imagine la terrible souffrance dont elle s'est guérie et le prix qu'elle paie chaque jour pour repousser toute rechute. Mieux vaudrait se méfier de l'apparence des gens et de leur méchanceté.

Les voisins s'amusent de sa différence bien plus qu'ils ne la maudissent. Ils l'excusent, adultes condescendants qui tolèrent les utopies d'un enfant. Folie douce n'est pas menace tant que l'illuminée habite son univers enchanté où le diable est une peluche au ventre rond avec des poignées d'amour sur les hanches.

Nuche connaît la femme du mécano-vapeur. Pour la troisième fois depuis la naissance de Bout de Chou les bras de la guérisseuse se referment sur lui. Elle le reçoit dans l'alcôve sans rideau de la pièce commune où domine une odeur de fruits cuits. Il ne s'étonne plus quand elle s'adresse au crucifix, tutoie Jésus, lui présente Nuche et l'immobilise contre elle dans les coussins d'un lit d'appoint.

La Mère lui a envoyé Nuche pour que finissent ses cauchemars et tout le cinéma. Elle ne supporte plus ses hurlements. Coïncidence ou non, dès que la larve se calme et que la Mère parvient à s'assoupir, le drôle crève la nuit de ses cris. Comme s'il voulait l'empêcher de dormir.

« Débarrassez-le moi des frayeurs qu'il s'invente. »

La guérisseuse prend le môme à bras le corps contre sa poitrine. Ses bras, comme multipliés, l'entourent, l'absorbent, ensorcèlent la douleur, terrassent le mal. Le drôle Feuilles-de-Chou ne bouge pas. Sa respiration se calme, il s'endort. Quand elle lui demande s'il ressent ses mains aspirer les terreurs et la fièvre de son front, ses lèvres n'émettent qu'un chuchotement.

Les filles de la Polonaise

Sous le pont du chemin de fer, les filles de la Polonaise les attendent. La plus jeune, peste capricieuse, tire la langue comme ils approchent et leur crache ses postillons de bave de crapaud.

« Hé ! Grandes oreilles, tu n'entends rien quand on t'appelle ? T'es nouveau ?

— Ne l'écoute pas, coupe l'ainée. Ma sœur a décidé ce matin qu'elle n'aimait plus personne. Pendant que je lui faisais ses tresses elle m'a reproché de lui tirer les cheveux et m'a traitée de grosse nulle

— Ta méchanceté serait peu de chose si elle n'avait que la taille de mes oreilles.

— Ne lui réponds pas. Elle a voulu se mêler des parents qui s'expliquaient. Ils l'ont remise à sa place et depuis elle pleurniche que personne ne l'aime.

— Elle a raison pour le patronage, je suis nouveau. Le jeudi je jouais avec Gusse quand le Père-Nuno ne le privait pas de sortir et avec Mouche si son frère allait la chercher à l'internat et ne la gardait pas bouclée avec lui.

– Sa mère est morte. On dit que Mouche ne pleurait même pas. Avec son uniforme marine et ses chaussures vernies, quelle prétentieuse !

– Prétentieuse, Mouche ? Tu te trompes.

– Je ne l'aimais pas. Gusse, c'est différent, j'avais interdiction de le fréquenter. Avant sa maladie Le Père-Nuno travaillait aux aiguillages avec mon paternel et il lui racontait que son fils était un voyou.

– Faudrait pas tout croire le Père-Nuno. »

Feuilles-de-Chou me surprend. Je m'attendais à une défense autrement déterminée. Si je ne savais combien Mouche et Gusse lui manquent, je douterais de sa loyauté en amitié.

« J'aurais préféré que Bout-de-Chou s'en aille à leur place. La Mère passe son temps à s'occuper de lui. Avec le patronage elle respire un peu.

– Ton petit frère est encore bébé. Profite que ta mère s'en occupe. Quand il va grandir, la corvée sera pour toi. Il s'ennuie, joue avec lui ! Il a peur, donne-lui la main ! Il est triste, amuse-le ! Il est pâle, promène-le ! Il te collera comme ton ombre. Il fouillera dans tes affaires. Pas un endroit où il ne mettra ses doigts. »

La peste tire sa sœur ainée par la main, montre le déploiement des camions militaires sur le nouveau pont. Test de résistance du tablier. Dessous, entre les piliers côté terrain vague, la bande de la cité Espérance marque son territoire. Bouteilles vides. Bidon d'huile et d'essence. Carcasses de mobylettes. Roues et moteurs démontés. Phares. Torsades de faisceaux électriques. Un ramassis de branleurs sans âge et de vieux adolescents qui fricotent avec de jeunes adultes désœuvrés. Ils ont une réputation de violence confirmée par les faits divers des journaux. C'est là, sous les piliers du pont qu'ils s'exhibent certains jours, chevauchent leurs bécanes, embrassent des filles et les pelotent. Là qu'ils cloutent blousons et bottes et se gominent les cheveux de brillantine.

J'accuse sans preuve et je répète ce que le quartier croit savoir, que les dégradations, les vols et méfaits portent leur signature. Certains samedis soirs ils sortent des caves des logements, se donnent rendez-vous dans la zone entre la route et les voies ferrées. Ils s'exercent à combattre, à manier des chaînes et des barres de fer. Ils combinent des coups tordus contre les étrangers des chantiers. Ils les poursuivent la nuit dans le quartier des bordels, les affrontent au bord du canal où certains basculent et disparaissent.

J'aurais parié que le drôle Feuilles-de-Chou irait à contrecœur au patronage. Je constate qu'il n'est pas si contrarié de quitter la maison. Il m'étonne d'oublier si vite. La première fille venue critique ses amis, il ne les défend pas. Mouche est jugée prétentieuse, il ne proteste pas. Quelle déception parfois d'avoir la preuve qu'on n'était pas l'enfant charmant qu'on croyait. Il vaudrait mieux ne pas savoir.

La peste lui a pris la main. Il ne la refuse pas. La sœur explique l'imprudence de s'aventurer dans les friches. Obus et bombes y sont enfouis. Pour défier le danger, les voyous de la cité y font pétarader leurs bécanes à travers trous et bosses. Le risque n'était pas qu'imaginaire. Lors du creusement de la route qui coupait par le champ de ruines, les engins ont déterré tout un attirail de ferraille et d'armes de guerre. Un contournement était obligatoire par l'église.

Je regarde avancer la troupe que d'autres mômes ont rejoints, des têtes nouvelles que Nuche n'a jamais remarquées. Yssanchou est le seul de sa classe qu'il connaît du fait qu'il demeure près de la gare et qu'ils rentrent ensemble de l'école. Gusse les accompagne rarement. Son instituteur, camarade de parti du Père-Nuno, le garde en retenue après l'heure de sortie sur recommandation probable du Père-Nuno qui ne rate pas une occasion d'exercer son pouvoir de nuisance sur son fils. Gusse remplit des pages d'opérations, de règles d'orthographe, de résumés de n'importe quoi. Pour rien. Seule sa main copie. Son esprit vagabonde. Jusqu'à ce jour de patronage Nuche et Yssanchou ne se fréquentaient que pour la durée du trajet d'école. Ceux des baraquements ne se mêlaient pas avec ceux des maisons ouvrières.

L'attitude désinvolte du drôle m'étonne. Feuilles-de-Chou se montre à l'aise, heureux. D'où je suis, installé à l'entrée de l'école de filles, il ne risque pas de me voir.

Tant de changements ont redessiné la commune depuis l'époque où j'avais l'âge de Nuche que je crains de confondre les lieux. De nos jours un collège remplace l'école de filles. Là où la bande de la cité Espérance avait son territoire les friches sont nettoyées, les bombes désamorcées. Des pavillons y sont enracinés. A l'emplacement du terrain vague goudronné en parking, les caddies d'un centre commercial remplacent les bécanes des blousons noirs. Le patronage cheminot ne survit que dans mon souvenir. Je peine à resituer le portique, la piste de course, le sautoir en longueur et les bâtisses où je m'essayais à la danse folklorique, oreilles écarlates de tenir contre moi la fille ainée de la Polonaise.

Je voudrais ne pas tricher avec mes souvenirs et regrette de ne pouvoir vous prendre à témoin. Si vous pouviez voir Nuche comme je le vois. Nuche est ensorcelé, sous le charme de la Polonaise, aussi ronde que Mouche est maigre, cheveux aussi dorés et bouclés que la tignasse de Mouche est noire et sauvage.

Médusé par le ravissement niais de Nuche amoureux, je n'ai pas vu surgir les trois morveux de la cité Espérance. Le drôle non plus. Pas eu le temps de retenir sa casquette qu'elle roule à terre, shootée d'un pied à l'autre comme un ballon crevé. Ces crétins attrapent l'aînée des Polonaises par un bras, l'attirent à eux par les cheveux, lui saisissent la taille, collent leur bouche sur son visage, cherchent ses lèvres et ils l'embrassent. Que se passe-t-il dans la tête de Nuche ? Le voilà qui s'interpose.

« Dégage de là, minus ! Ici, les premiers de classe on leur explose la cervelle et on s'essuie le cul avec leurs oreilles d'âne. Tire-toi ou appelle ta mère ! »

Nuche humilié

Je traînais pour rentrer du patronage cheminot. Des nuages bas pesaient sur la fin de journée et l'assombrissaient. Il ferait bientôt nuit et je ne savais pas si je préférais affronter mes frayeurs des ténèbres ou comparaître dans cet état pitoyable devant la Mère et le Père. Du goudron tachait ma casquette. Des boutons manquaient à ma chemise. Du sang séché croûtait sur mes oreilles et mes lèvres. Mon ventre souffrait là où leurs pieds avaient cogné. Je me cachais dans les buissons de troènes qui fermaient l'entrée des ateliers et du dépôt ferroviaire.

Yssanchou s'était lassé de m'attendre et il était parti avec les filles de la Polonaise. Je détestais l'idée qu'ils m'accompagnent dans mon état propice à l'apitoiement et au discrédit. Je les suivais à distance comme pour épier leur conversation. Quand ils étaient passés dans la lumière du lampadaire à l'entrée de l'école de filles, il m'avait semblé qu'ils se retournaient dans ma direction. Me distinguaient-ils autant que je les distinguais ? Espéraient-ils que je coure vers eux ?

Je m'étais jeté à plat ventre sur un tas de graviers qui puaient le goudron, moins inquiet de la mélasse qui me collait aux genoux que de ce qui m'attendait en ouvrant la porte chez nous.

« Les élèves qui ont réponse à tout n'ont rien à faire ici. Que les lève-doigts de ton genre restent en classe ! Approche et on te lessive la tête ! »

Ils n'étaient que deux à me barrer l'entrée du patronage mais ils m'en imposaient. A eux seuls ils bloquaient la porte grillagée. Je forçais le passage, ils me repoussaient à coups de pieds. J'avançais tête baissée, leurs poings me relevaient le menton. Ils ne s'opposaient qu'à moi, laissaient entrer les autres sans les menacer. Ces autres ne me voyaient pas. Ils me frôlaient. Pas une parole de curiosité pour qui j'étais, pas un geste de secours, ils m'écartaient de l'épaule pour passer leur chemin.

Ils n'étaient que deux à me dévisager. Ces deux-là avaient compris d'instinct que je n'étais pas de taille à soutenir longtemps leur défi. Mon regard de poule mouillée s'embuait déjà. J'avais des oreilles d'âne et je n'étais pas foutu de ruer contre ces deux bagarreurs, deux seulement, deux redoublants de mon école.

En classe je ne leur parlais pas. Pas l'occasion. Ils ne s'occupaient pas aux mêmes tâches que nous. Attendant une place en apprentissage chez un patron, ils se tenaient le plus souvent tranquilles à passer le temps. Le maître ne les dérangeait pas inutilement quand ils s'appliquaient à épingler différentes bestioles sur des planches, à affûter les lames de leurs couteaux sur une pierre, à souffler des boulettes de papier dans des sarbacanes, à regarder par la fenêtre tourner les bonnets d'ânes. Ils rendaient service, nettoyaient les tableaux, remplissaient les encriers, sortaient rincer les éponges et secouer les chiffons de craie, s'attardaient fumer dans les toilettes, s'échauffaient pour les récréations. Le maître ne les interrogeait que pour donner le spectacle de leur médiocrité, ce qui excitait nos moqueries. Ils serraient les poings. Les veines du cou gonflées, prêts à bondir, on aurait dit ces molosses qui tirent sur leur chaîne et qu'on nargue, certain d'être hors de portée et tout à la fois certain d'être déchiqueté s'ils se libéraient.

En récréation les rôles s'inversaient. Les cancres des grandes classes se déchaînaient. On courait désespérément pour échapper à leurs représailles. On se cachait dans les toilettes. Mauvaise idée, on se piégeait tout seul. On n'en ressortait que trempé de la tête aux pieds pour le reste de la journée. On tournait autour des maîtres de surveillance qui fermaient les yeux sur nos plaintes. Courageux comme j'étais, je me tenais en limite de la cour des filles, prêt à franchir la frontière interdite quitte à écoper de la punition salvatrice qui me mettait à l'abri des terreurs de la cité Espérance. Copier des lignes en terre féminine dans le bureau de la directrice n'était pas glorieux. La honte m'attendait lors du retour en classe et si je me faisais une fierté de n'en paraître pas meurtri, je me mentais. Faudrait pas croire que ne m'importait pas le ricanement collectif, maître compris, qui s'ajoutait à la vexation d'avoir donné aux filles le spectacle déshonorant d'un trouillard, d'un garçon qui se déculotte.

Je ne les craignais vraiment qu'en récréation.

A l'heure de la sortie d'école nos chemins étaient à l'opposé. J'allais vers la gare, eux vers le dépôt. Ma rue portait le nom d'une jeune femme morte en déportation, Fabienne, une sœur aînée que je tutoyais avec la familiarité que donne l'habitude de se rencontrer matin et soir.

Eux dans leur cité n'avaient pas de rue, rien qu'une lettre majuscule et un numéro d'escalier. Ils n'avaient personne à saluer, raison de leur impolitesse. Depuis quand salue-t-on des abstractions ? Les cancres de la cité Espérance n'appartenaient pas non plus à la famille des cheminots. Que non ! Les cheminots se reconnaissaient à leur façon de s'adresser la parole, à la façon de marcher la tête haute, fiers d'être au service de l'État. Nous étions Les Chemins de fer. Les enfants de l'État. Pas eux.

Pour me rendre au patronage, il me fallait m'éloigner de mon univers et m'aventurer en milieu hostile, traverser la cité. Si la forêt du Petit Poucet avait ses dangers, la cité avait les siens, pas moindres à mes yeux. Dans cette contrée grouillaient les pires cancres de mon école, les redoublants, les caïds de la récréation. Si je me débrouillais pour exister en classe et figurer dans le peloton de tête, dans la cité je n'étais rien. Par chance, ceux d'Espérance ignoraient à quel point il y avait peu, quelques semaines à peine, j'étais ignare des choses de la vie. Par chance, ceux d'Espérance ignoraient que le brillant élève Nuche était un cornichon écarquillant des yeux stupides en découvrant pêle-mêle l'origine des bébés, le mensonge de la petite souris et du Père Noël, le secret du ventre des femmes, l'oiseau des garçons dans le nid des filles et la douleur de la séparation.

Jusqu'à l'heure du goûter, l'apprentissage de danses folkloriques, les jeux collectifs et la projection de diapositives sur les marais salants de la Vendée avaient suffi pour gommer mes ennuis à l'entrée de la grille du patronage.

« Ne parle pas à ce minus. Il n'est pas des nôtres. »

La fille aînée de la Polonaise les avait repoussés et leur ardeur s'était reportée sur moi. Ils m'agrippaient par la chemise. Surtout le plus gueulard.

« N'essaie pas de lui tourner autour, de danser avec elle pour la tripoter. Bas les pattes. Elle est à moi. Dégage ! Moche avec ta tronche de lève-doigts qui sait tout, dégage. Tes oreilles d'âne ont compris ? »

Ils me secouaient, agrippés à mes vêtements comme aux poignées d'un sac qu'ils entendaient vider de son contenu, conjugaisons à tous les temps et tables de multiplication comprises.

« Débrouillez-vous entre garçons, ce n'est pas mes affaires. »

L'aînée des Polonaises s'était éloignée avec sa sœur du petit cercle de curieux refermé autour de nous. Je n'avais pas le courage de Gusse pour endurer les coups. Je n'avais pas la malice de Mouche pour faire semblant de capituler. Par je ne sais quelle fierté déplacée, je persistais à me relever quand ils me jetaient à terre. Je m'entêtais à me redresser quand leurs genoux et leurs poings me frappaient au ventre à m'en couper le souffle. Quand une main avait attrapé mon oiseau à travers ma culotte, que des doigts avaient écrasé mes noisettes l'une contre l'autre, j'aurais voulu me retenir de pleurer. J'avais perdu toute dignité. Plié de douleur et de honte, humilié d'avoir était violenté entre les cuisses devant l'attroupement, je restais au sol. Je me moquais bien de me relever. Battu et ridiculisé, j'aspirais à disparaître, à m'enfoncer dans la terre humide, à peser de tout mon poids et y creuser ma tombe.

Une monitrice du patronage cheminot avait rompu le cercle de la bagarre.

« Vous serez punis tous les deux pour votre comportement de voyous. »

J'avais répondu à ses questions, montré où j'avais mal, refusé qu'elle regarde dans ma culotte, tenté de me justifier, expliqué que j'avais dansé avec la fille de la Polonaise. Elle avait éclaté de rire.

« Tu es nouveau. Chacun a ses habitudes ici et y tient. Apprends à respecter les autres. Tu n'imaginais pas faire ta loi dès le premier jour, non ? »

J'avais compris qu'elle me donnait tort. Je me promettais de ne jamais remettre les pieds au patronage. J'avais compris qu'elle me donnait tort contre l'autre dont je doutais que le père travaille aux Chemins de Fer tant il était différent de nous. Tort contre l'autre que le maître délaissait au fond de la classe, ne lui adressant la parole que pour le rabaisser devant nous. Maintenant c'était moi qu'on rabaissait.

« La fille de la Polonaise s'appelle Tania mais tout le monde l'appelle Doll. En tout cas elle n'est pas plus Polonaise que toi ou moi. Sa petite sœur c'est Julie mais on dit Dollie. Toi, Nuche c'est vraiment ton nom ou c'est pour rire ? »

J'avais l'impression d'avoir passé la journée à me vautrer par terre. De nouveau à plat ventre j'attendais pour me relever que les filles et Yssanchou disparaissent au-delà du pont. J'aurais voulu disparaître moi aussi, m'enfouir dans le tas de cailloux contre lesquels j'étais étalé, m'y enliser tellement m'écœurait la larve que je redevenais, larve flasque dans les gravillons collants de bitume. Larve écrabouillée par le premier morveux de la cité qui avait deviné que je n'étais qu'un trouillard. Larve en larmes et en bave et en pisse. Ma culotte me brûlait de pisse, me mouillait le ventre et les cuisses. Je me vidais par où j'avais mal et je me figurais que mon oiseau saignait.

Je gémissais en m'apitoyant sur mon sort. Pauvre Nuche va mourir. Ton corps crevé se vidange par ton robinet qui ne ferme plus. Tu devrais te retenir mais tu coules, tu t'écoules, tu fuis. Malgré l'horreur que tu éprouves à te souiller, tu t'en fous de l'instant d'après quand il faudra te lever, marcher les jambes écartées en dégoulinant, sentir la chaleur de la pisse refroidir sur ta peau. Tu t'en fous de te comporter en grossier animal qui se frotte et se roule dans la boue. Ne me dis pas que tu prends plaisir à te mettre dans un pareil état.

« Tu devrais te mettre debout, Nuche. Rentre chez toi. Tes parents vont s'inquiéter depuis ce matin que tu es parti.

— C'est toi, monsieur Oui-Non, qui vient te mêler de mes affaires ?

— D'une façon oui, je me mêle. Qui serait mieux placé que moi pour se mêler de ce qui t'arrive ? D'un autre côté, non. Je me garde bien de me mêler. Disons plutôt, si tu peux encore sourire d'un trait d'humour de ma part malgré les circonstances, que je m'emmêle dans ton histoire. Je ne sais plus qui j'y suis.

— Je t'avais bien reconnu. Passe-moi tes hésitations, j'ai assez de surmonter les miennes. Qu'est-ce qu'une grande personne y connaît aux enfants ? Il ne suffit pas d'avoir été enfant, il faudrait le rester.

— Quel raisonneur tu fais ! Pour un peu c'est toi qui me ferais la leçon du haut de tes huit ans.

— Presque neuf.

— Réjouis-toi. Je te donne raison. Un vieil homme comme moi ne connait rien aux enfants. Tu ne croyais pas si bien dire. Ce vieux bonhomme a même oublié qu'il a eu ton âge. Ne se rappelle rien. La preuve, je n'ai aucun souvenir de m'être personnellement vautré sur un tas de cailloux pour me cacher. Au contraire de toi. Tu t'es vautré à qui mieux mieux, n'est-ce pas ? Je devrais me souvenir d'un épisode si pitoyable, tu ne crois pas ? Quel fichu caractère nous deux ! J'en fais à ma tête avec le passé, toi avec le présent. On se ressemble et je ne suis pas certain que ce soit une chance sauf que le vieil homme que je suis devenu voudrait que l'enfant que tu es soit heureux. Et ce n'est pas à rester par terre, loin de tes amis, que tu le deviendras.

— Je n'ai rien décidé encore. Ni de rentrer, ni de me lever. Toi qui crois mieux savoir que moi, qui te dis si ma vraie place n'est pas de me mettre plus bas que terre. Sais-tu que je n'ai plus tellement honte d'être une larve gluante qui se plait à ramper ? Merci à vous crétins de la cité d'avoir démasqué ma nature réelle. Merci d'avoir percé mon identité cachée à coups de pieds. Merci pour l'oiseau étouffé entre vos doigts. La douleur et l'humiliation m'ont convaincu que mon corps vivait autrement que je ne l'imaginais. À plat ventre, Nuche, rampe et bave ! Nuche, regarde avec tes yeux de larve ! Vois-tu ces vies qui se traînent au ras du sol ? Dis-le, Nuche, que tu les vois !

— Je préfère quand tu es de mauvaise foi et que tu fanfaronnes, quand tu ne doutes pas de toi.

— Est-ce qu'une seule fois tu t'es rabaissé ?

— Plus tard, Nuche. Tu devrais te relever. La nuit tombe. Est-ce trop te faire la leçon si je te rappelle que l'obscurité t'effraie ?

— Ne change pas de conversation. Dis-moi, toi qui te dresses debout de toute ta hauteur d'adulte si tu y vois plus clair de là-haut ?

— Plus clair ? Tu veux dire quoi ?

— Que tu as le nez en l'air à flairer ce que je fais, ce que je devrais faire ou pas. Tu devines la nuit qui vient quand moi je renifle le caniveau et ne vois rien, rien que le reflet de Nuche croyant brandir sa carabine. Oui, je rêve d'un garçon qui se relève avec son fusil dressé devant lui. Où va-t-il ? Peu lui importe. Si ce garçon-là ne le sait pas encore, il est décidé à aller jusqu'au bout. Il va où il veut. Jusqu'au cœur de la cité dérouiller les crétins. Tu en doutes ? Faut croire que si. J'y suis déjà. La nuit est tombée ? Et alors ? J'ai les yeux de Plume et l'obscurité fait ma force. Aperçoistu mon ombre, ma silhouette qui ne recule plus. Un canon de carabine brille sous la lune.

— Tu as décidé de tuer quelqu'un ? Si c'est ton intention je la désapprouve. Tu es bien faible pour désirer porter une arme ! Il y a d'autres moyens de combattre sa peur.

— Qui te dit que j'ai peur ?

— Il n'y a pas de honte à avoir peur. Les raisons ne manquent pas d'avoir peur. Ne crois pas que les crétins de la cité sont les plus à craindre. Il existe des peurs sans visage plus terribles. Quant à la carabine, enlève-toi l'idée de la tête. Autant te le révéler tout de suite, tu n'auras jamais de carabine. Je le sais parce que je le sais. Relève-toi, apprends à regarder la réalité. Comporte-toi en homme au lieu de faire l'enfant.

— Je fais l'enfant ? Moi, je ferais l'enfant ? Mouche aurait dit qu'avec les grandes personnes faudrait pas tout croire. C'est une manie chez vous de mentir aux enfants. Est-ce que je te demande si tu fais l'homme ? Parce que tu portes un chapeau, tu ferais l'homme. Parce que tu as des moustaches, tu ferais l'homme. Il n'y a pas d'âge pour faire l'enfant. Sûr que toi, tu ne sais plus faire. Tu vis à l'imparfait à ruminer ce que tu as raté alors que n'importe quel enfant vit un pied dans le futur à préparer ce qu'il va réussir.

—Ne compte pas sur moi pour continuer ce jeu du plus malin avec toi. On finirait par ne plus se supporter. On ne s'adresserait plus la parole. Tu vivrais ta vie de ton côté, moi du mien. On deviendrait si étranger l'un à l'autre qu'on se reconnaîtrait plus. Excuse-moi de ramener mon expérience et mon passé, je sais de quoi je parle. Permets-moi de t'ouvrir les yeux. Ce n'est pas trois petits crétins dépenaillés qui t'ont dérouillé devant une gamine que tu ignorais la veille qui font de toi un homme. Désolé d'ajouter à ta vexation mais touche ta culotte et renifle tes doigts. Ce n'est pas l'odeur du sang d'un héros que tu as sous le nez, juste du mouillé d'un gosse qui pisse de trouille. Imagine la tête de Gusse s'il te voyait pisseux, affalé sur cette saloperie de gravillons collants de bitume. Pense à Mouche. Tu y penses à Mouche ? Tu l'oublies si vite. Tu la remplaces par les rondeurs de la Polonaise. Alors oui, les vieux donnent des leçons et des leçons encore parce que faute de questions, ils n'ont que des réponses. Allez, relève-toi s'il te plaît. J'ai besoin de te savoir courageux, Nuche. J'ai besoin que tu ne renonces pas. Tu désires une carabine, mérite-la. Moi, je n'ai pas su aller au bout de mes désirs. J'ai abandonné. Prenons des pincettes avec les adultes, tu as raison. Tu m'entends ? Surtout, prenons des pincettes avec ce qu'on se raconte pour se défiler. »

Côté rue, dos appuyé contre la porte de chez nous, j'étais recroquevillé sur la deuxième marche, jambes coincées sous mes fesses, casquette en boule dans mes mains, chemise ouverte à cause des boutonnières déchirées, culotte et cuisses poisseuses. Arrivant d'en face, d'entre les cabanes de chantier où s'allumaient des feux pour tiédir des bouillons, des haricots, des ragoûts, Plume s'avançait vers moi, sautant d'une planche de coffrage à une autre. Parvenue au milieu du trottoir, assise sur son derrière, Plume se léchait. Entre chaque série de coups de langue et de pattes sur son museau, elle me fixait. C'était mon tour d'être piteux, puant et repoussant comme elle le jour où le Père l'avait trouvée dans la cave.

D'un instant à l'autre le Père allait ouvrir et se buter les pieds contre la guenille de fils que j'étais. Qu'est-ce que je craignais de pire sinon qu'il n'ouvre pas ?

Avant la naissance de Bout-de-Chou

Bien avant la naissance de Bout-de-Chou, quand Grand-Mère n'habitait pas encore chez nous, on allait en promenade le dimanche après-midi. Tous les trois. La Mère, jupe rouge, corsage au col brodé de cerises, tenait le Père par le bras et me donnait la main. Lui, chemise attachée jusqu'au dernier bouton, cheveux crantés à la brillantine, nous entraînait dans la visite des quartiers en construction. Lui, notre locomotive et nous, son tender et son wagonnet. Dimanche après dimanche on suivait la métamorphose de la ville qui se maçonnait sous nos yeux. La rapidité avec laquelle la grande tour s'élevait en équilibre jusqu'au douzième étage nous émerveillait. Des familles inconnues habiteraient bientôt les logements équipés de balcons, séchoirs, douches et chauffage central. D'où venaient-elles pour mériter un confort qu'on leur enviait ? Rien de comparable avec les cages à lapins de la cité Espérance où il avait fallu reloger dans l'urgence les familles nombreuses qui s'échauffaient dans les baraquements provisoires d'après guerre. L'explosion menaçait, au propre comme au figuré.

Le Père qui avait appris l'art patient de la maçonnerie assistait en curieux ébahi à la construction de la cité. Il ne reconnaissait pas le métier. En moins de deux, des matériaux préfabriqués s'assemblaient béton contre pitons et s'emboîtaient comme tenons et mortaises. Le chantier ne s'attardait pas à monter des murs. Sur les panneaux verticaux, une grue ajustait d'énormes plaques de ciment ferraillé qui reliaient les cloisons. Plancher d'un côté, plafond de l'autre. Les pièces d'un Meccano s'empilaient, se boulonnaient les unes aux autres. Le Père se demandait combien de temps un tel château de cartes tiendrait debout. Les étages s'élevaient à vue d'œil et à bas prix. Un million par niveau, lumière, eau et peinture comprises. Priorité aux économies. Un logement, un million. En ces années-là, un million ne valait pas cher d'où le surnom dédaigneux, les millions, qu'employaient les cheminots pour désigner la cité Espérance, les bâtisses et ceux qui y vivaient.

En promenade, le Père aimait aussi nous aventurer sur le nouveau pont alors sans rambarde. La Mère n'était pas rassurée, moi non plus.

« Accrochez-vous bien à moi ! »

Le Père s'amusait de notre frousse. Il raffolait surtout de cette façon amoureuse qu'avait la Mère de se serrer contre lui. Elle aurait sauté dans ses bras si je n'avais pas été là.

Le Père démêlait pour nous l'enchevêtrement des voies ferrées depuis la gare de triage. Il expliquait la formation des convois, indiquait la rotonde, vaste manège où des vapeurs dociles viraient pour reculer dans les ateliers d'entretien et de réparation. Des locotracteurs manœuvraient, jaillissaient d'entre les fumées, disparaissaient dans des nuages blancs et noirs. Le monde du rail grondait, crissait, vibrait, soufflait, transpirait, éternuait. La Mère s'émerveillait de l'activité des hommes qui soignaient ces géantes de plusieurs centaines de tonnes, les nourrissaient et les attelaient à tirer d'infinis convois. Je questionnais.

« C'est gros comment une seule tonne ? »

Tellement énorme que cent fois une tonne me semblait irréel. Je n'en demandais pas plus pour m'inventer un monde à part sur le chemin du retour

Depuis, des événements avaient chamboulé nos habitudes du dimanche. Pour nos promenades la tenue de deuil de Grand-Mère avait succédé aux couleurs vives des toilettes de la Mère. J'avançais seul. Le wagonnet ne donnait plus la main à quiconque et se laissait entraîner de mauvais gré derrière le Père.

Invariablement Grand-Mère choisissait le trajet de la gare et le Père lui cédait. La distance, assez longue pour délasser ses jambes et assez courte pour épargner son souffle, convenait à sa carcasse usée. C'était son expression. Elle longeait le quai en surplomb des voies, s'asseyait sur le banc en compagnie des voyageurs du Paris Hendaye, patientait jusqu'à l'arrivée de l'express, 15 heures 37 en horaire d'hiver, assistait à l'embarquement et patientait jusqu'au départ. Elle s'étonnait du destin de tant de personnes chargées de paniers et de valises qui s'éloignaient vers des lieux qu'elle ne connaîtrait jamais.

Coups de sifflet du chef de gare. Mouvements des porteurs de bagages. Moments de bousculade vers les compartiments. Embrassades bruyantes. Ultimes baisers en équilibre sur les marchepieds. Mouchoirs tamponnés au bord des yeux. Écharpes et foulards déployés, agités au bout des doigts, envolés.

Les haut-parleurs confirmaient la destination, énuméraient les villes étapes pour les étourdis montés à bord par erreur avec le flot des voyageurs. En effet, quelques personnes redescendaient. Les portières claquaient. Trop tard pour les lambins. Il arrivait qu'un retardataire bouscule le portillon, déboule le long du quai qui se vidait, atteigne la hauteur de la dernière voiture, s'agrippe à la rampe verticale, bondisse et se hisse sur la marche basse pour saisir la poignée. Une folie ! Des mains inconnues le tiraient vers l'intérieur par les manches du veston, par la ceinture. Des applaudissements saluaient l'acrobate.

« Faut-il être jeune ! » commentait Grand-Mère fascinée par une virtuosité si indifférente au danger.

La jeunesse ne suffisait pas toujours.

« Quel imbécile ! »

Un voyageur qui avait espéré rattraper le train à la course avant l'extrémité du quai remontait vers la gare. Dépoitraillé par les gesticulations de sa tentative ratée, funambule plus malchanceux que maladroit, il tirait son balluchon, ridicule et désapprouvé. Échouer c'est avoir tort aussi vrai que réussir vaut raison.

On entamait le chemin de retour vers chez nous. Je gardais le silence sur mes espérances d'être un jour l'acrobate sous les acclamations.

Il arrivait que Grand-Mère, malgré l'insistance de sa bru qui s'efforçait de la convaincre des bienfaits de la marche pour une femme de son âge, préfère à la promenade sortir une chaise sur le trottoir. Les épaules couvertes d'une pèlerine tricotée, assise face au chantier, elle somnolait en écoutant l'inactivité dominicale des ouvriers, semblant surveiller le vent gonfler leur linge qu'ils étendaient entre les cabanes.

« Si on allait aux remblais. »

Le mot Remblais répugnait moins que tas de détritus. Dans les fosses creusées par les pelles monstres des excavatrices qui fouillaient la terre arable des champs en friches, une décharge sauvage s'était établie entre les piles du pont en surplomb de la voie ferrée. Des camions de gravats y comblaient sans fin une dénivellation de terrain. Au fond des trous séjournaient des eaux huileuses. Des caillots de peinture y flottaient. Des arcs-en-ciel s'y dessinaient.

Tout ce qui se démolissait aux alentours se déversait là : pans de murs traversés de tresses électriques, lattes de bois, plinthes dressant le dard de leurs clous d'acier, briques encollées de plâtre, dallage de ciment peint, tuiles et divers débris non identifiables.

Le voisinage et au-delà venait s'y débarrasser de ses vieilleries. Si la mode du tout jetable ne pervertissait pas encore les besoins, la consommation multipliait ses sollicitations. Adjugé périmé, l'ancien avait perdu la cote. On balançait aux remblais des paillasses éventrées, des plumards garnis de duvet grossier, des couverts et autres ustensiles de ferraille qui laissent un goût de rouille dans la bouche, des verres teintés rose ou bleu, et pas mal de vaisselle décorée de bondieuseries qui s'empilait dans les buffets. On se désencombrait de meubles jugés impropres au rafistolage, de journaux conservés par les aïeux, de cahiers et manuels datant de la communale et de médications hors d'âge. Les tiroirs des commodes se vidaient des bibelots démodés, des photos dont on ignorait quelle était notre parenté avec ces gens portraiturés.

Ce jour là aux remblais, dans une cavité entre des gravats, j'avais repéré une forme allongée qui m'avait semblé au premier regard un jouet d'enfant. Le morceau de bois d'un rouge terni à peine écaillé était un bolide de course miniature. Aucune de ces roues ne manquait : quatre rondelles bancales pointées sur les côtés. De l'habitacle dépassait une bille jaune craquelée : le pilote sous son casque.

« Je peux la garder ? »

Avec l'intuition de suivre un filon, j'avais poursuivi ma prospection aux environs de ma découverte. Bonne intuition. J'avais dégagé un camion-citerne en bois dont la cabine était à peine fendue. En comparaison de mes trouvailles, le Père n'avait récolté qu'un peloton de ficelle fine pour ses cordeaux.

« N'es-tu pas trop grand pour jouer avec ça ? »

Sûr que j'étais trop grand. À mon âge, c'était une carabine qu'il me fallait.

« Garde-les si tu veux. On les passera à la Javel. »

Le Père avait continué de fouiller en s'aidant de la pointe d'une branche, repoussant et soulevant des tissus, des papiers, des boîtes de conserve.

« Une carabine me plairait beaucoup plus. »

Il n'avait pas sursauté.

« Une vraie, je veux dire. »

Fallait-il me contenter de son silence ou insister pour m'assurer qu'il avait entendu ?

« Si c'est trop cher, une carabine d'occasion m'irait, pas trop grande, juste à ma taille. »

Il m'avait écouté sans interrompre mon excitation.

Sur le retour, le Père avait parlé avec la guérisseuse. Encore entortillée d'une chemise de nuit un dimanche après-midi, cheveux enroulés dans des bigoudis, elle lavait à l'éponge les vitres de sa chambre.

« Il faudra m'amener Bout-de-Chou un de ces jours qu'on se parle tous les deux. »

Troublé par les charmes généreux de cette femme ou stupide ou audacieuse qui se vouait sans rire au bien être et à l'amour du prochain, le Père la laissait dire ses sottises sans prendre parti comme on s'interdit de contrarier un simple d'esprit.

« Se parler, façon de dire, même si la conversation avec un bébé existe. Passionnant, vous savez. »

Bavarde avec ça ! Elle avait le don d'emberlificoter jusqu'à convaincre. Mieux valait l'abandonner à ses illusions et s'esquiver avant de pouffer.

Assis dehors sur sa caisse de pêcheur Monsieur Lecoq passait le temps à fumer des cigarettes maïs. Il était de repos après cinq nuits à découcher. Homme taciturne, on le traitait en sauvage. Il n'aimait rien. Pas de goût pour le jardin, les livres, les enfants. Du reste les Lecoq n'avaient pas de livre, pas d'enfant et un jardin en friches. La pêche au bord de l'eau l'avait lassé. Il attendait de repartir avaler de la voie ferrée. Lui, son secteur c'était la Bretagne.

La Lecoq ne s'occupait pas de l'emploi du temps de son mari. Qu'il soit de repos ou non, elle rendait ses visites. On insinuait lourdement qu'elle avait toujours le pied levé. Au tapage des disputes, on savait quand elle rentrait. Même de la voix, elle le dominait et lui clouait le bec. Le quartier compatissait à peine. Quel pauvre type pour un mécano ! Le voisinage attendait qu'il se venge et l'aurait applaudi s'il l'avait rouée de coups sur le pont à la vue de tous. Il n'avait pas la parole, pas la main leste. Un faible que les camarades auraient méprisé si leurs épouses romanesques ne lui avaient supposé une vie secrète en Bretagne qui justifiait son acharnement au boulot et l'acquittait de son indulgence envers sa femme.

« Beau temps !

— Du beau comme du pas beau, est-ce qu'on décide jamais quelque chose en ce bas monde ?

— Faut-il s'en plaindre ? » ajoutait le Père tout en continuant d'avancer ?

L'opacité des mots d'adultes m'en imposait d'autant plus que j'ignorais la réponse à leurs questions.

« Parle-moi de la carabine. Vraie comment ? Je dois y réfléchir en pesant le pour et le contre. »

J'avais filé avec mon goûter sous l'escalier, excité par l'intérêt du Père. Faut croire qu'il n'avait pas repoussé ma demande. Il ne s'était pas moqué. Vraie comment, cette carabine ? Je n'arrivais pas à me la représenter en détails, ni la longueur de son canon, ni son poids ni le brillant de sa crosse vernie. Je la tenais pourtant déjà contre mon ventre. On faisait corps.

Dommage, je n'avais personne avec qui partager ma bonne humeur. Gusse m'aurait regardé avec des yeux gros comme des billes. Mouche, je craignais sa réaction imprévisible de fille. Tout autant capable d'un compliment, « Te voilà un homme ! » que d'une critique, « Ce machin va te servir à quoi ? »

Qu'est-ce que j'en savais ? Une carabine n'est pas un machin d'abord, ni un jouet. Je ne lui demandais pas à quoi lui servait son uniforme d'écolière. À rien, à paraître une fille distante qui m'impressionnait tellement que je n'aurais pas osé la grimper sur mon dos quand elle portait cette tenue.

Je n'avais pas d'uniforme pour paraître un garçon distingué. L'accessoire qui aurait fait ma fierté, je ne pouvais l'exhiber. La montre aux aiguilles figées, je la gardais secrète, doublement secrète que j'avais cassé le trésor que Gusse avait volé pour me l'offrir.

La carabine au contraire, je ne la cacherais pas. Canon dressé devant moi, elle serait la preuve de la métamorphose de Nuche, un garçon fortifié, Nuche le courageux. Sûr alors que je n'aurais plus à craindre les morveux de la cité. Ils se méfieraient. Ils réfléchiraient par deux fois avant de me rouler à terre. S'ils approchent attraper mon oiseau, qu'ils prennent donc garde à ses coups de bec !

Pendant le souper, tandis que je finissais mon pain avec une demi-pomme, le Père m'avait annoncé qu'il était d'accord pour la carabine. La Mère s'était opposée par crainte d'un accident avec Bout-de-Chou. Grand-Mère avait raconté comment le Père avait pleuré la sienne un matin qu'il courait avec la chienne dans un sous-bois. Il portait sa carabine neuve en travers devant lui et il se figurait invincible. Un passage trop étroit entre deux noisetiers avait stoppé l'aventure et faussé le canon.

« Inutilisable. Je l'avais à peine essayée.

— Ne compare pas ton enfance à la campagne autrefois et la vie aujourd'hui. Je ne suis pas d'accord. Une carabine n'est pas un jouet. A-t-il besoin d'un fusil chez nous ? »

Le Père avait dit qu'il n'ignorait pas le danger. Lui-même n'avait aucun goût pour les armes et n'avait pas en tête d'élever Nuche dans ces idées-là. Mais il comprenait qu'un garçon à un certain âge désire une carabine. À condition.

A condition.

A condition de prouver que j'étais assez grand pour la mériter, ce dont je ne doutais pas. La condition n'était qu'une sorte d'épreuve que je devais réussir. Je n'avais pas écouté les détails, ne pensant qu'à cette arme magique qui ferait de moi un garçon considéré autrement. Il me tardait de grandir, pressé de quitter le gosse dont j'avais honte. Celui qui cirait ses souliers pour mériter les cadeaux du Père-Noël. Celui qui écrabouillait les larves des choux. Celui qui ignorait qu'un oiseau nichait entre ses cuisses alors que Gusse le savait. Même Mouche qui n'avait pas d'oiseau, le savait.

L'épreuve de la carabine

Le drôle Feuilles-de-Chou n'en revient pas de sa bonne fortune. La carabine n'est plus un rêve, elle existe ou presque. Le père est d'accord à condition.

À condition d'aller seul jusqu'au pont.

Nuche n'a pas idée de ce qui l'attend. Si je m'écoutais, je me mêlerais de ce qui ne me regarde plus, j'influencerais son désir pour qu'il renonce avant qu'il ne souffre d'échouer. L'échec et son cortège de déceptions. Quand j'avais son âge j'ai raté l'épreuve par manque d'audace. Je n'en garde pas qu'un souvenir pénible, j'en supporte encore aujourd'hui les effets. Pas la peine de me mentir, si j'ai entrepris de revenir vers le drôle Feuilles-de-Chou avec un demi siècle de retard c'est pour tenter de m'en guérir.

Nuche s'endort sur la poitrine plate de Grand-Mère qui a ralenti sa respiration quand il s'est collé contre elle. Dans son sommeil le drôle parlemente avec une montre aux aiguilles arrêtées qui exigent de reprendre leur course. Sont-elles devenues folles ? Elles tournent bien trop vite maintenant et la plus grande poursuit la petite et la rattrape. Elles se gondolent, chahutent tant que Nuche à la fin se fâche. Ses lèvres s'allongent en forme d'un bec de canard.

« Tchou, tchou, tchou. »

Ma parole, il se prend pour une locomotive qui crachote ses jets de vapeur. Le chuintement gagne en intensité. Grand-Mère à son tour siffle de longs chut-chut qui semblent des réponses.

« Chuut, chuut. »

— Tchou, tchou, tchou.

— Tchou, chuut, tchou, chuut, tchou. »

Il s'apaise.

Pour l'instant, le drôle s'illusionne d'un univers féérique où les conditions sont de simples formalités, les épreuves des tours de passe-passe pour apprenti magicien, les embûches des fioritures pour embellir les difficultés. Il signe n'importe quel pacte les yeux fermés. Tout désir s'empresse de devenir réalité.

Comment peut-il se figurer qu'il suffit de vouloir une carabine pour l'obtenir, qu'il suffit d'affronter les cancres de la cité pour les vaincre, qu'il suffit de serrer par la taille la fille de la Polonaise le temps d'une polka pour la séduire ?

À condition d'y aller seul à la tombée de la nuit.

Le drôle se persuade que l'unique difficulté repose sur un détail y aller seul, sans envisager pour l'instant les complications qui en découlent. Qu'importe, a-t-il d'autres choix que la solitude pour l'épreuve ? Ses amis sont loin. Yssanchou appartient au monde des baraquements et il ne partage avec lui guère plus que le chemin du patronage. Quant à Doll qui a assisté à son humiliation, comment lui avouer qu'il a peur de son ombre sans se ridiculiser plus encore ?

Qui doit se rendre seul au pont ? Le Père a oublié de préciser. Mais qui d'autre que Nuche ? Précision inutile. Le Père n'entend pas que Feuilles-de-Chou envoie quelqu'un à sa place. La carabine récompense le courage pas le simulacre. Le môme ne peut compter que sur lui.

Pour ce qui est de la nuit tombée, Nuche s'estime aguerri. Avec Gusse, combien d'araignées a-t-il combattu dans la pénombre de la cave ? Leurs yeux habitués à l'obscurité, ils donnaient l'assaut, esquivaient le piège des toiles collantes qui compliquaient l'attaque.

Nuche ne craint pas le noir. Ses jeux avec Mouche en sont la preuve. Que d'après-midi ils s'empressaient de disparaitre sous des monceaux de couvertures, bras et jambes entortillés. Ils apprenaient à dormir ensemble, camouflés par une nuit volontaire où la peur n'existait pas. Ils se cherchaient à tâtons et se reconnaissaient mieux qu'en plein jour.

Si y aller seul n'est pas tout à fait résolu, rejoindre le pont à la nuit tombée lui semble à sa portée, ce qui n'est pas le cas de la troisième condition. Au retour décrire au Père ce qu'il a aperçu de là-haut. Comment résoudre une énigme sans un quelconque indice pour la désigner ? Le mystère règne. Existe-t-il d'ailleurs une façon de traverser la nuit pour discerner quelque chose dans le noir ? Il n'en a pas la moindre idée et ne sait même pas à quoi ressemble le quelque chose qu'il doit repérer. A supposer qu'il parvienne à scruter devant lui jusqu'à l'horizon et derrière et autour, reconnaîtra-t-il à ce que le Père exige qu'il voie ?

Depuis plus d'un demi-siècle maintenant je cherche ce que j'aurais dû voir du haut de ce pont et que je n'ai pas vu. Jamais je n'ai osé interroger le Père pour connaître la solution. Il est parti l'année dernière, à la veille de la rentrée des classes et l'énigme l'accompagne dans le cercueil pour l'éternité.

J'en garde une impression désastreuse qu'on jugerait démesurée si je résumais l'affaire à une contrariété bien insignifiante d'enfance, ce qu'elle n'est qu'en partie. Si j'accepte d'avoir pris pour un tsunami une vague dans un bol de soupe, j'ajoute que les dégâts ont dépassé et de loin ceux qu'occasionne le ressac.

Plus familier à cette époque-là du monde ferroviaire que maritime, mon échec à gagner la carabine s'était gravé sous l'image d'une erreur d'aiguillage. J'étais détourné vers un convoi qui n'était pas le mien et qui m'acheminait sur une voie secondaire au lieu de me conduire de tunnels en viaducs par monts et merveilles.

Ce qui me restait en mémoire de mon échec ne me satisfaisait pas. J'étais poussé à revivre l'épreuve, sans cesse préoccupé de retrouver l'enfant d'alors, autrement que par un nouvel effort de remémoration, m'y étant exercé cent fois en vain. Il me fallait le rejoindre là où il vivait, aller à sa rencontre, l'entendre, le regarder agir. Il n'y avait d'autre solution que m'affranchir des années. Après tout, la littérature n'y parvient-elle pas ? La difficulté venait de ma propre résistance à la logique. D'un côté j'acceptais volontiers pour réalité que le temps ne dispose d'aucune limite qui le clôture. De l'autre, je ne me résolvais pas à en déduire qu'en l'absence de frontières étanches, le temps se traversait aussi aisément qu'une prairie. Dans tous les sens, en avant et en arrière ? Plus impatient de partir dans le passé que d'en revenir, je ne me souciais pas de la question du retour.

Comme vous, j'ai rencontré bien des gens retombés en enfance mais je ne connais personne qui soit revenu de l'enfance pour en témoigner. Ce sont là choses trop intimes dont on ne se vante pas.

Comment savoir si j'ai réussi l'improbable traversée des âges ? Il m'arrive d'en douter tant il me semble naviguer entre deux univers qui se superposent. Faut croire que si pourtant, à moins que j'invente mes dialogues avec Nuche. Pour en avoir la preuve, il me faudrait le toucher et l'envie ne me manque pas de le prendre dans mes bras, de lui révéler qui je suis. Ce serait le perturber, modifier le cours de sa vie et de la mienne avec le risque de ne plus nous reconnaître.

Au diable donc la preuve des faits que j'avance. Je m'efforce de garder mes distances et m'y tiens. Jusque là j'ai réussi à rester à ma place ou presque. Je ne suis pas un voleur d'enfance. Tout juste un voyeur et n'en suis pas si fier. J'observe comment le drôle Feuilles-de-Chou se débrouille pour décrire au Père ce qu'il a vu du haut du Pont. Je suis à l'affût, curieux d'assister à ce que j'ai refusé de voir.

A l'époque où j'étais le drôle, Mouche m'avait averti, ne prends pas à la lettre la parole des grandes personnes. Plus que la méfiance, elle m'avait inculqué la terreur du mensonge. Cette terreur a ressurgi des années plus tard quand l'idée épouvantable m'est venue que le Père avait triché, qu'il n'avait pas la solution de l'épreuve. Ce soupçon de tromperie me blessait. S'il ignorait vraiment ce que je devais découvrir la nuit du haut du pont, sa ruse signifiait que le Père n'estimait pas son fils capable de réussir.

Je suis retourné sur les lieux à différentes périodes de ma vie quand je n'attendais plus d'obtenir une carabine en récompense d'une juste réponse. Par temps de pleine lune j'ai profité de la lumière réfléchie sur les voies ferrées, les postes d'aiguillage, les ateliers et les quais, pour scruter le quartier de la gare avant qu'il ne devienne méconnaissable. Par temps d'encre j'ai essayé avec l'espoir de discerner dans le contraste des éclairages une forme remarquable, une silhouette qui m'aurait échappée en plein jour. J'ai pris des photos en rafale. D'autres photos encore, sur pied en pivotant de quelques degrés, en parcourant tous les azimuts de la rose des vents. Au bout du compte je n'ai rien découvert parce qu'il n'y avait sans doute rien d'exceptionnel à voir. Ne prends pas à la lettre.

À moins, hypothèse à vérifier, à moins que le discernement n'existe que dans le seul regard de l'enfant. Probable illusion du pouvoir supposé de l'innocence à laquelle je me raccroche par faiblesse intellectuelle.

Hypothèse rejetée. J'avais alors les deux pieds dans l'enfance quand le Père m'avait soumis les conditions de l'épreuve. Bien sûr je conviens de mon inconséquence. Je portais des désirs hors de ma portée. Disons-le, j'avais renoncé sans combattre. C'est ce que je supporte le moins. J'aurais préféré échouer. Certains défis ne se relèvent qu'à tel moment précis. Il faut réagir dans l'heure, la journée ou renoncer et s'arranger à jamais du regret de n'avoir pas essayé.

L'échec me serait moins pénible à supporter que le renoncement. L'échec a l'alibi des efforts accomplis. Il n'a pas à rougir. La volonté d'affronter la difficulté, la détermination à se redresser après chaque faux-pas ont valeur d'héroïsme. Les cicatrices de l'âme et du corps témoignent de la lutte menée contre les obstacles. Même causé par la peur, l'échec reste glorieux. On n'est pas indigne quand la panique affole le cœur, quand l'effroi d'une mort imminente, réelle ou non, paralyse l'action. Plus l'engagement dans l'épreuve est tragique, plus l'échec partage avec la réussite la bravoure d'avoir combattu.

Le renoncement secrète une honte refoulée que les années n'allègent pas. Il n'existe pas de médaille pour l'épingler, pas de discours pour le huer. L'abandon vaut traîtrise et n'appelle aucun commentaire alors que l'échec s'écoute avec intérêt. L'échec s'aménage de péripéties inventées de bonne foi. Quelques épisodes se corrigent. On finit par se convaincre qu'il s'en est fallu de peu qu'on triomphe.

Dans le souvenir que j'ai gardé de l'épreuve, j'avais renoncé à la carabine sans combattre.

À condition d'aller seul sur le pont à la nuit tombée.

Sur le trottoir, le drôle Feuilles-de-Chou renifle. Son regard évalue la distance qui le sépare du tablier massif pesant sur les piles, silhouettes sombres découpées par la clarté du ciel étoilé.

Le Père tire la porte derrière lui.

« Je ne tourne pas la clé. Tu rentres quand tu veux. Je t'attends à l'intérieur. »

Si je ne craignais pas de l'effrayer, je me montrerais.

« C'est moi, Monsieur-Oui-Non, me reconnais-tu ? »

J'avancerais à distance devant lui, histoire de le rassurer. Loin de moi l'idée de faire le chemin à sa place. Ma présence n'épargnerait pas l'épreuve. L'accompagner ne lui volerait pas sa réussite. Au moins, l'aider à s'éloigner du portillon de bois.

Je me cache derrière les blocs de béton qui lestent la plus haute des grues. Discrétion oblige pour le drôle. Le moindre bruit intrus anéantirait son courage bien vulnérable. Discrétion oblige pour les ouvriers qui surveillent le chantier et n'hésiteraient pas à me déloger s'ils soupçonnaient une menace, voleurs, voyous de la cité complotant un mauvais coup.

Tombée du ciel, du toit ou de je ne sais où, Plume s'est perchée dans un frou-frou d'ailes sur le poteau en bois du grillage qui sépare la maison de Nuche de celle où vivait Mouche. Le drôle Feuilles-de-Chou aurait dû sursauter, déguerpir vers la porte d'entrée. Il lui parle. La chatte s'entortille entre ses pieds. Elle se frotte contre ses jambes, s'y caresse à le faire tomber, pèse de tout son poids et le pousse. On dirait que Nuche avance, à moins que Plume ne le soulève de terre, ne l'emporte sur son dos.

Première tentative

Au loin, le pont n'était pas si effrayant. Il n'était pas si loin non plus. Il m'attendait les jambes écartées. Ce n'était qu'un jeu après tout. Combien de fois je m'étais faufilé entre les guiboles de Mouche pour la soulever sur mes épaules. Un pas en avant, un de côté, on basculait. Trop gringalet pour la décoller de terre, je titubais. Elle chavirait et m'entrainait dans sa culbute. Ses bras serrés sur ma gorge m'étranglaient. Je n'étais pas de taille à la porter mais elle m'en croyait capable. On recommençait.

Le pont n'était pas si loin et l'épreuve ne consistait pas à le grimper sur mon dos. Il m'appartenait au contraire de le chevaucher pour me grandir à la taille de l'événement. Je me figurais cavaler à hauteur du ciel sur ma monture géante, avec la certitude que rien ne pouvait m'échapper. Au détail près que j'ignorais quoi saisir. Aucune idée de ce qu'il me fallait repérer, attraper et décrire au Père à mon retour.

La route était familière. Chaque jour elle me conduisait à l'école et m'en ramenait après la classe. Par habitude mes jambes auraient dû se mettre en marche d'elles-mêmes. Elles s'y refusaient, frissonnaient de l'humidité qui tombait avec la nuit. Mes pieds s'agrippaient au trottoir. Mes yeux ne se détournaient pas de notre porte et je ne pensais qu'à rentrer au plus vite. Tout mouvement, y compris d'abandon et de repli à l'intérieur de chez nous, me désobéissait. Pétrifié debout, qu'est-ce que j'attendais dehors pour renoncer, incapable de repousser Plume entortillée entre mes chevilles ? Une carabine ne me semblait plus si utile. Je n'éprouvais plus autant d'empressement à quitter l'enfance. Depuis que je m'efforçais de grandir, je n'avais eu qu'à le regretter.

Les wagons de la gare de triage crissaient sur les rails. Les uns contre les autres ils se tamponnaient, s'accrochaient à leur convoi. Chaque coup de butoir me bottait le cul et me propulsait de quelques pas. J'avançais. Faut croire que si. J'arrivais à la hauteur des Lecoq. Des bruits de dispute s'échappaient par la fenêtre de leur cuisine ouverte. Madame Lecoq en contre-jour se penchait pour décrocher les volets. Cheveux défaits en crinière et dépoitraillée elle étirait le cou par l'entrebâillement. De sa blouse déboutonnée sa poitrine glissait. Elle claquait les lames métalliques qui se repliaient mal et lui pinçaient les doigts. Sa grossièreté couvrait le télescopage des wagons. Je priais qu'elle ne m'aperçoive pas.

Si ce n'était moi qui avançais, ce devait être la route qui défilait. Pareille illusion d'optique ne m'était pas étrangère. Je l'éprouvais chaque fois qu'on voyageait avec la Micheline. Assis à l'avant de l'autorail rouge et blanc, le front contre la vitre panoramique pour seul rempart, je m'émerveillais du paysage qui accourait vers moi pendant le trajet. Sous mes pieds et jusqu'à la gare où Grand-Père nous attendait, se déroulait l'infini chemin des traverses et des rails.

Parlons-en de Grand-père.

Profitant de l'obscurité, il s'était joué de la vigilance de ses anges gardiens. Sa silhouette plus noire que la nuit avançait à ma rencontre. J'aurais dû m'en inquiéter si je n'avais reconnu l'homme qui m'appelait son mulet. Personne ne faisait corps autant que lui avec son chapeau. L'un ne se séparait jamais de l'autre. La forme brune clopinait et la corpulence arrondie désignait Grand-Père qui se moquait bien d'être surpris ici-bas. Personne ne gesticulait autant que lui avec sa canne. Tantôt il la levait vers les étoiles. De la pointe, il entourait je ne sais quoi dans le ciel, insistait, comprenait que mes yeux ne savaient pas voir ce qu'il m'indiquait. Ronchonnait. Tantôt il la brandissait vers un buisson de ronces, désignait la course d'une bête. Pour lui plaire, j'imaginais sans l'apercevoir un renard, un lièvre affolé fuyant au dernier instant devant l'autorail. J'aurais dû m'effrayer que Grand-Père ne finisse écrabouillé comme l'animal insensé.

Il marchait vers moi, moi vers lui. La distance entre nous n'en diminuait pas pour autant. Grand-Père restait inaccessible. Je ne pouvais pas le toucher, ni me caler contre son ventre, ni le ceinturer de mes bras. Pourtant, bien que hors de portée, sa respiration asthmatique me soufflait au visage. Son odeur aigre sous le nez me soulevait le cœur. Ma parole, il continuait de chiquer là-haut. Il ne se souciait pas plus de cochonner de salive jaune sa barbe perpétuelle que de souiller la blancheur de l'Éternité de ses crachats marron. Je me reprochais d'imaginer son coin de ciel avec un tel dégoût car Grand-Père ne pouvait que se laver à l'eau pure des nuages. Ignorant les habitudes des défunts, j'inventais comme j'inventais auparavant les métamorphoses humaines des larves de choux.

De nuit, avec leurs visages de cendre, leurs regards éteints et leurs dents goudronnées je ne distinguais pas les ombres des morts de celles des vivants. Je me racontais que des paroles s'articulaient sur les lèvres de Grand-Père. Ne pas tout croire. J'ai retenu la leçon, Mouche, mais je peine à l'appliquer.

« Pourquoi-oi m'as-tu dérangé-é dans mon repos, petit-i mulet ?

— D'où te vient cette voix qui résonne ? Me reprocherais-tu de te réveiller ? Tu ne dors que d'un œil, souviens-toi ! C'est vraiment toi, Grand-Père ? Voilà que je ne me sens pas très rassuré.

— Ma voix résonne du fait qu'elle ne cause pas souvent, comprends-tu ? Sortir du silence me fatigue et je ne suis même pas sûr que mon avis t'intéresse. Essayons puisque tu m'as appelé.

— Dis-moi si tu voulais une carabine quand tu avais mon âge.

— Une carabine ? M'as-tu dérangé pour une telle broutille ? Une carabine, dis-tu. Et pourquoi j'aurais voulu une carabine ? Mon père m'avait taillé un bâton dans une branche de châtaignier. Voilà quelle était ma carabine.

— Un bâton ? Je n'ai pas envie d'un bout de bois.

— Te moques-tu de mon bout de bois, petit mulet entêté ? J'aurais voulu que tu m'accompagnes pour comprendre. Je traversais des forêts où tu n'oserais pas pointer le museau de ta carabine. Des loups me suivaient. Moins stupides que ceux des contes mais plus affamés, ils marchaient dans mes traces, guettaient le faux pas pour m'attaquer. Mon bout de bois que tu dédaignes, tu ne lui aurais pas parlé sur ce ton. Il entendait mal la moquerie, crois-moi, et bien imprudent celui qui lui manquait de respect. Inutile de lui répéter son devoir. Il m'écoutait mieux que toi.

— Rappelle-toi que je suis ton mulet têtu, pas un rameau de châtaignier servile qui obéit à tes ordres.

— Devine ce que répondrait mon bâton stupide à un mulet entêté ?

— Je devine surtout que tu as bien changé depuis que tu es mort.

— Changé ? Regarde-toi ! D'où te viens ton insolence ? Dommage, je t'aurais enseigné le vrai pouvoir d'une trique. Sache qu'on craint la trique plus pour les coups qu'elle menace de donner que pour ceux qu'elle assène. Sache, petit mulet arrogant, que celui de nous deux qui a changé c'est toi. Qui es-tu devenu pour accepter d'être piétiné à terre, te laisser arracher tes boutons de chemise ? A ta place, je n'aurais pas toléré qu'on touche une seule plume de mon oiseau.

— N'importe quoi ! Tu inventes pour me vexer. Tu mens et tu n'es pas Grand-Père. Je ne te reconnais pas. Grand-Père aurait convaincu ses amis les anges de me grimper sur le pont. Grand-Père m'aurait montré ce que je dois voir de là-haut.

— Comment dit-elle, Mouche ? Faudrait pas tout croire. Elle s'y entend. Pour sûr je ne suis pas Grand-Père. Je n'existe plus. C'est toi qui m'inventes. Si je n'étais pas parti où tu sais, je vendrais une oie grasse, deux lapins et un sac de noix et ta carabine je l'achèterais. Tu me sauterais au cou comme j'aime que tu me sautes au cou et avant que tes pieds ne touchent terre tu me supplierais déjà d'échanger ta carabine contre tout et n'importe quoi. Mulet, tu as raison, je ne suis plus Grand-Père. Ma voix que tu crois entendre, c'est toi qui l'imites. Mes réflexions, mes conseils et mes réponses que tu critiques c'est toi qui les exprimes.

— Au lieu de m'embrouiller, Grand-Père, tu pourrais au moins me souffler à l'oreille ce que tu vois de là-haut, juste du haut du pont. »

Un éclair avait jailli d'entre les traverses, incendiant la voie ferrée. Sous mes yeux éberlués une Reine de Lune était apparue. Pour un peu la Micheline l'aurait culbutée sans plus d'égards que le lièvre. Par l'action des freins ou par magie, les roues s'étaient agrippées aux rails. Dans un hurlement pénible à mes oreilles le métal surchauffé avait craché des escarbilles d'acier incandescent qui avaient bloqué la course du train. Je n'excluais pas l'intervention de l'apparition lunaire dont le regard de feu avait probablement ordonné au convoi de s'immobiliser.

Soudain projeté vers l'avant je traversais sans égratignures la baie vitrée de l'autorail. J'achevais ma chute dans les bras de la Reine de Lune, blotti contre sa poitrine, les joues rouges de confusion, en position du marmot tétant le sein.

Je ne rêvais pas, je le jure. Comment, à mon âge, aurais-je su inventer le parfum si grisant de sa peau ? Comment, si innocent encore des choses de l'amour, aurais-je su espérer semblable baiser d'une bouche sur mon front ? Comment, apprenti balbutiant des mystères de la vie, aurais-je su feindre le frisson que provoquait l'accent de sa voix à mon oreille ?

« Où courent donc les garçons en culottes courtes à cette heure-là ? Donne-t-on ce soir dans le quartier un bal costumé sous les étoiles ? Laisse-moi deviner, tu m'attendais pour me conduire danser ? Bien sûr que non, je n'aurais pas oublié notre rendez-vous. Suis-je sotte, ce chérubin n'est plus de mon âge, il soupire pour ma fille. De nos jours les garçons manquent de discernement, aux mères ils préfèrent les filles. Où cours-tu donc si ce n'est pas après moi ?

— Je ne sais pas qui est votre fille, madame. J'allais juste quelque part pour gagner quelque chose. Ce serait trop long à expliquer et si je perds du temps avec des inconnus je n'arriverai jamais où je dois arriver.

— Quel mystère pour une carabine !

— Qui vous a dit que je voulais une carabine ?

— Tous les garçons, à peine sevrés des tétins de leur mère, pensent qu'une carabine les aidera à grandir. A un seul coup ou à deux coups, ta carabine ?

— Je n'ai jamais tété la Mère si vous voulez savoir.

— Dommage, tu aurais beaucoup gagné en amabilité. Alors un coup ou deux ?

— Je n'y ai pas réfléchi. Quel est le mieux ?

— Puisqu'on se parle franchement, ma préférence va à la mandoline et de loin. Ne crois pas que je joue sur les rimes, carabine, pour me moquer. J'avoue que l'instrument ne joue pas la même musique. Musique de filles, dit la chenille. Musique de garçons, conteste le papillon. Musique de filles pour attirer les garçons, musique de garçons pour épater les filles. Est-ce bien clair, carabinier ? Sache toutefois, chasseur d'étoiles, que si à l'instant je me métamorphosais en garçon devant toi, je choisirais sans hésiter la carabine. Et toi, si tu étais une fille, quel serait ton choix ? »

La Reine de Lune avait allumé une cigarette. Son visage s'était estompé dans un brouillard de fumée que la brise avait dissipé, laissant paraître une ressemblance avec Doll. Doll aux lèvres maquillées. Doll à la chevelure bleue coupée en carré. La Reine de

Lune était notre voisine la Polonaise, plus éblouissante que la caricature colportée par la jalousie du quartier.

Une voiture qui me parut d'un luxe irréel dans nos parages, avait glissée sans bruit le long du trottoir en chantier. La Polonaise s'attardait à me fasciner sans me dire au revoir. En s'installant sur le siège avant, sa robe relevée avait découvert des bottines rouges. Elle ne se pressait pas de refermer la portière, me laissant fixer une cicatrice sur sa jambe, peut-être un tatouage.

« Il est rare qu'on devienne ce qu'on désire mais qui serions-nous sans l'illusion d'y parvenir ?»

La Reine de Lune tenait des propos incompréhensibles comme Grand-Père et les grandes personnes.

Plume revenait vers moi, lassée de m'attendre en éclaireuse sur le chemin du pont. Elle ne doutait plus. Ma résignation à reculer l'emportait sur ma résolution à avancer. Sans me le reprocher, Plume avait deviné que je renonçais.

Un instant, les phares de la voiture avaient illuminé la route qui file sous le pont. L'arche de béton s'était ensoleillée d'ombres mouvantes avant d'être engloutie dans une obscurité plus intense. J'assistais à l'effacement de ma cible dans la nuit. Il me fallait rentrer vaincu et je n'en trouvais pas la force.

« Croyais-tu réussir du premier coup, Nuche ?

— C'est toi, monsieur Oui-Non ? Tu me surveilles ?

— Tu me détestes comme si j'étais responsable de ce qui t'arrive. Toujours sur tes gardes à te méfier. Je ne t'accable pourtant pas de mes conseils.

— Je ne refuse pas les conseils. Je les écoute mais ne les suis pas forcément. Au lieu de me décourager apprends-moi plutôt comment tu as réussi à grandir.

— Tu es vraiment de mauvaise foi. Je réfléchis avec toi sans t'infliger mon avis et tu me reproches de te décourager. Qui mieux que moi saurait te prévenir des mensonges. Je ne parle pas des mensonges de famille que je ne prends pas à la légère et qu'il faudra bien crever un jour ou l'autre. Pour l'heure, Nuche, je te parle de tes propres mensonges, les plus assassins. Sois sincère et commence par reconnaître que ce soir tu n'as pas avancé du moindre saut de puce vers le pont. Voilà la réalité, tu n'as pas bougé et il n'y a pas l'ombre d'un reproche là-dedans. Je ne t'accuse pas de manquer de courage. Je ne critique pas le trouillard qui pisse de peur dans sa culotte. Comprends que je ressens ce que tu éprouves, que je ne me désolidarise pas de l'élève qui se cache derrière son crayon pour échapper aux cancres de la cité.

— Arrête de te prendre pour moi. Inutile de te mettre à ma place pour m'inventer des excuses. Tes encouragements sonnent faux à mes oreilles. Parle-moi plutôt de toi quand tu avais mon âge, sans tricher avec les souvenirs. Comment supportais-tu de vivre sans Grand-Père, sans Mouche et sans Gusse ?

— Je ne me prends pas pour toi, Nuche. Au-delà de nos différences d'âge je regarde le reflet de nos ressemblances dans le miroir du temps.

— N'importe quoi ! Ce n'est pas m'aider à réfléchir que m'embrouiller pour échapper à mes questions. Si tu ne connais pas les réponses, laisse-moi m'arranger avec mes mensonges et avec ce que je crois. Toi qui n'a que la vérité à la bouche tu ne crois en rien.

-Tu te défiles, Nuche. Encore un pied dans le mensonge et tu vas bientôt vouloir me persuader que tu es allé jusqu'au pont. Continue et tu m'assureras que tu as réussi.

-Si tu m'estimais vraiment au lieu de regarder mon reflet dans ton miroir, tu ne douterais pas. Si je mentais, je te jurerais que je sais ce qu'il y a à voir de là-haut. Mais je ne mens pas. J'affirme seulement que j'ai avancé plus loin que je m'en croyais capable. Si tu savais me regarder tel que je suis, tu conviendrais que j'ai marché très au-delà, jusqu'à Grand-Père. Tu apprécierais qu'aux limites de la nuit j'ai rencontré la Reine de Lune. Alors j'en conviens, je n'ai pas poursuivi mon chemin, ébloui par sa beauté. Convaincu qu'elle était l'énigme à découvrir, je me suis empressé de retourner chez nous décrire au Père son apparition et gagner la carabine. Quand je pense que tu oses prétendre que je n'ai pas bougé ! Si tu avais gardé en mémoire l'expérience d'un voyage aussi fabuleux que le mien, tu saurais qu'il y a des choses qui ne s'inventent pas. Me crois-tu maintenant ou me faut-il poursuivre mon récit par le détail, te raconter comment Plume m'emportait sur ses ailes déployées de Griffon, comment je m'agrippais à son cou ?

Un message ambigu de Gusse

Depuis le départ de Gusse dans les Pyrénées chez la Mamé-Nuno, son chien griffon avait disparu. Je me demandais s'il aurait supporté Plume. Probable que oui, trop essoufflé pour courir, trop sourd pour tenir querelle, trop solitaire pour s'occuper des guerres de voisinage, il n'était pas chien à poursuivre les chats qui le respectaient. Si les poils de Plume semblaient du duvet, les siens étaient des foins, cassants et rêches, ébouriffés. Des saletés s'y accrochaient qui ne le dérangeaient nullement, brins d'herbe du jardin, grains de riz de sa gamelle, bouts de chiffons et de journaux déchiquetés de sa litière.

Je cherchais un prétexte pour aller fouiner dans la maison de Gusse, y renifler ses traces. Il me manquait une babiole personnelle qui m'aurait donné l'illusion de sa présence. Il y avait bien sûr la montre volée à son père, cadeau d'autant plus précieux que je savais combien cette folie lui avait coûté. La peau des fesses au sens propre. Je désirais plus encore, quelque chose qui lui appartenait en propre. Je me disais qu'il avait pu oublier son cache-nez et m'imaginais l'entortiller autour du cou même par journée de grosse chaleur. Je me réjouissais à l'idée de récupérer un Cristal à bille, stylos qu'utilisaient les chefs cheminots dans les bureaux où le Père-Nuno avait ses entrées. Dans mon cahier du soir j'aurais écrit en m'inventant que Gusse me tenait la main, presque certain de l'entendre me souffler des bêtises à la place des solutions des exercices. L'intérêt de Gusse pour ces Bic se résumait à les démonter et s'en servir de sarbacanes.

En partant pour la frontière espagnole, Gusse avait-il délaissé deux fois rien qui ne logeait pas dans son baluchon ? Deux fois rien m'aurait contenté pour me sentir dans la peau de Gusse.

Mouche me manquait autant. Son départ avait effacé derrière elle toute trace matérielle de sa présence. Le déménagement avait vidé les placards, cagibis et innombrables recoins où elle rassemblait ses bidules. Icônes de la Vierge emballées dans du journal : brûlées ; colliers de bouchons plastiques : démantibulés ; scènes d'amour des romans-photos de sa mère : déchirées ; fleurs séchées cueillies dans les friches : éparpillées au jardin. Ses trésors de pacotille m'épataient même si son goût des collections me restait étranger. Chez nous on ne collectionnait pas.

Délaissé sur un cintre, rien qu'un bout de tissu imprégné de Mouche l'aurait ressuscitée dans sa chair. L'imaginer ne me suffisait pas. Au contraire son image m'attristait. Au bras de sa tante du Poitou, endimanchée, presque hautaine dans son uniforme d'écolière, accélérant le pas pour la grand messe, elle n'avait pas un regard pour moi. Sur la pointe des pieds, presque voletant dans une de ses robes de chiffon flottant sur ses guibolles d'insecte, elle cueillait des mûres et ne me proposait pas d'y goûter. Je cherchais une incarnation plus accessible que son image inventée. Dans la perturbation et la précipitation de son départ, Mouche n'avait-elle pas oublié d'emporter dans sa malle un de ses cotillons ? J'aurais osé m'en vêtir sous ma chemise comme une seconde peau.

Parmi tous nos jeux, Mouche préférait nos travestissements. Elle m'entrainait dans un réduit qui servait de débarras et de penderie pour les affaires de ses parents. Enfermés tous deux dans ce recoin, Mouche abusait de ma crédulité, m'ordonnait le rôle du poupon docile, nous déguisait à son gré. Elle, flanquée d'un pantalon ceinturé sous la poitrine, cravate ficelée au cou, la voix forcée dans les graves, elle incarnait la virilité. Simulant la colère, elle fonçait sur moi, juste ralentie par la taille des chaussures qu'elle trainait avec peine. Selon des scénarios improvisés à son avantage, j'étais sa garçonne aux genoux écorchés qui méritait pénitence. Régulièrement, elle jouait un personnage de grand frère furieux et violent qui tirait les cheveux. J'étais alors sa sœur aux cuisses nues et marbrées qu'elle pinçait et caressait, mordait et léchait.

Mouche m'apprenait à devenir un homme, un brouillon d'homme. On s'exerçait à imiter les scènes d'amour des romans-photos. Je m'y révélais mauvais, un médiocre partenaire incommodé dans les corsages de sa mère qui me ridiculisaient, empêtré par des bas qui glissaient le long de mes guibolles maigrelettes et se ratatinaient sur des chaussures à talons. C'est peu dire que j'assumais un piètre rôle de fille mais Mouche tenait à figurer un homme. Elle ne ménageait pas ses compliments pour m'encourager à tenir le personnage qu'elle m'avait attribué. Elle affirmait que je lui plaisais ainsi, bouche barbouillée du rouge à lèvres de sa mère qui, pour défier les derniers outrages de la maladie, continuait à gribouiller d'écarlate son visage de cire.

La Mère-Nuno travaillait tôt le matin, rentrait en fin d'après-midi. Je l'attendais. Elle n'avait pas éteint le moteur de sa Mobylette que je l'avais abordée. Débordant de son casque, ses joues pommées et cramoisies contrastaient avec le gris violacé de ses lèvres.

« Tu viens prendre des nouvelles de Gusse ? »

Avec l'habileté de l'habitude, elle rangeait son vélomoteur bleu à large selle dans le débarras encombré où Gusse avait son recoin pour les devoirs scolaires. Fixée au mur par des charnières, une étagère pliante bricolée par le Père-Nuno lui servait de pupitre. Chez nous cette pièce en longueur n'existait pas. Le Père avait découpé un rectangle de contreplaqué qu'on posait sur le lavabo et qu'on retirait pour la toilette. Sur cette écritoire pratique sinon parfaite, j'illustrais mes récitations, je m'exerçais à rimer des phrases emberlificotées de mots précieux pour séduire Doll, faute de savoir où joindre Mouche chez sa tante du Poitou.

« Suis-moi ! Vont pas s'alarmer chez-toi de ne pas te voir ? La Grand-Mère, elle s'habitue ? La pauvre, faut bien ! Faut que je mange un morceau ! Ne fait toujours pas ses nuits complètes, le petit frère. Les murs ne sont pas épais, je l'entends. Depuis que je me retrouve seule au lit, j'ai le sommeil léger. Un craquement me réveille. Bon sang j'ai une de ces fringales ! Tu as bien mangé, toi ? À midi, j'avale sur le pouce un bout de pain au pâté et cornichons. Le boulot, toujours le boulot. Un conseil, Nuche, étudie si tu peux. Quand l'instruction manque, tu prends ce qui reste. Regarde-moi, je brasse des caisses à longueur de journée. Ramène-moi donc quelques bûches du cellier. »

La Mère-Nuno parlait sans me regarder. Ses yeux fuyaient, je n'arrivais pas à lui faire face. Elle ne louchait pas mais elle avait dans l'œil quelque chose qui me mettait mal à l'aise. Si elle s'attardait un instant à me dévisager, c'était moi qui détournais la tête.

Seul le volet côté cuisine était ouvert. Dans la pénombre, la pièce sentait la ventrèche de porc frite à la poêle. La Mère-Nuno déboutonnait sa canadienne à col moutonné et sans se déshabiller elle tisonnait les braises du poêle à feu continu.

« Rapporte aussi du journal et du petit-bois ! Faut que je relance les flammes, c'est presque éteint. En t'attendant, j'avale un morceau, le ventre réclame. »

Gusse avait voulu me faire croire que sa mère plongeait dans le pot de moutarde comme dans la confiture, à la cuillère. Il avait raison. À pleine bouchée ou tartinée sur une gaufrette.

« Pose par terre. Sers-toi un gâteau si tu veux. Sont à la vanille. La vanille, tu aimes ? Prends ton temps pour les bûches. La moutarde, j'en raffole. Pas si forte qu'on dit et bonne pour le sang. Elle donne un coup de fouet, le vin pareil mais je me raisonne. Je finirais le pot si je m'écoutais. Apporte encore rien que deux, trois bûches, t'es pas là pour travailler à ma place. Je m'occuperai du reste. »

Dans le débarras la laisse du chien était pendue à un clou par le collier. Preuve que le griffon avait disparu. Gusse avait laissé des agates arc-en-ciel et trois calots d'acier dans une boîte à biscuits. On jouait au trou dans l'allée contre la dernière marche de l'escalier. Comme je perdais, il m'approvisionnait de billes en terre et m'entraînait à les lancer d'une pichenette. Ma maladresse le désespérait sans qu'il renonce pour autant à me proposer d'autres parties.

Des taches d'encre volontaires formaient des ramifications sur sa planche de bureau repliée vers le bas. Incrustées entre les fibres, il les avait grattées avec sa lame de couteau, creusées en vain pour les atténuer. Chaque tache ne lui avait pas valu systématiquement le ceinturon. Il y en avait trop.

Une boulette de papier froissé avait glissé d'entre les bûches. Un fragment de feuille arrachée d'un cahier d'écolier. Je refusais de croire que Gusse l'avait jetée là par étourderie plutôt que dans la corbeille. Il avait laissé un message à mon intention. Preuve de sa confiance, il avait supposé que je serais assez malin pour le découvrir. J'avais aplati la boule de papier en l'écrasant sous le pied puis je l'avais cachée dans ma poche de culotte. Vérification faite, elle ne formait aucune bosse visible.

« Tu voulais savoir quoi ? Si j'avais des nouvelles de Gusse ? Tu crois qu'il pense à sa mère. Juste une carte et encore il s'est contenté de signer. La Mamé-Nuno avait écrit quatre mots pour me rassurer. Que l'air des montagnes lui profite. Qu'il mange avec appétit. Qu'il est dans la classe de son oncle, directeur de l'école. Qu'il obéit. Passe-moi la boite d'allumettes ! Gusse ne craint que son père, pas moi. Il nous déteste. Pour qu'il me rapporte des bûches, aurait fallu montrer le ceinturon. Un voyou qu'il devenait en restant ici. Prends pas modèle sur lui !

— Le chien, il est parti avec Gusse ?

— Le chien ? Pourquoi tu me parles du chien ? On s'en est débarrassé.

— Débarrassé comment ?

— Débarrassé comme on se débarrasse de... Qui aurait voulu d'un cabot pareil à son âge ? Toi ? Vous avez déjà la Grand-Mère à vous occuper et le petit. Tes parents ont bien assez à faire pour nourrir la famille. Y-a que ton père qui ramène des sous. N'oublie pas ce qu'ils font pour toi. Au moins tu travailles à l'école. Gusse, lui, a l'esprit aux filles pas aux leçons. Prends une dernière gaufrette ! Non ? Tant pis, je finis le paquet. Me reste plus de cidre, je t'offre un verre d'eau avec du vin ? Les filles, tu t'en fiches, Nuche et tu as raison. Gusse trainait avec la sainte-nitouche qu'a perdu sa mère, la pauvre femme ! Une drôle de gamine partie chez une tante. Tant mieux pour le quartier. Avec ce qu'on racontait sur elle et son frère. Tu ne jouais pas avec elle au moins ? Méfie-toi de celle-là, Nuche, et des autres, les petites dévergondées de la Polonaise. Pour la montre de son père, j'ai l'idée qu'elles ont poussé Gusse à la voler. Son père l'aurait laissé sur le carreau qu'il aurait continué de mentir. Au fait, Nuche, tu voulais savoir quoi ? »

Les joues écarlates, la Mère-Nuno quittait sa canadienne. La moutarde et le vin l'avaient réchauffée et ses yeux cherchaient à fixer mon regard. Je me dérobais, mal à l'aise, ne sachant si elle me reprochait de n'être pas Gusse ou si elle me prenait pour lui.

Jalousie

Le drôle Feuilles-de-Chou déplie la boule de papier trouvée chez la Mère-Nuno. Il n'entend pas Grand-Mère qui l'appelle du haut de l'escalier pour prévenir que la soupe est chaude. Lui, sous les marches, n'a plus le courage de bouger, plus le désir. Le Père ferme le cadenas de la cabane du jardin, remonte une poignée d'échalotes qu'il va poêler avec deux œufs. Nuche fixe la montre aux aiguilles arrêtées. Qu'est-ce qui retient sa colère de la briser contre les arêtes de ciment brut laissées par le décoffrage ? Plume pour une fois ne traîne pas sur le chantier. Recroquevillée dans son cageot mais prête à déguerpir elle ressent d'instinct la lourdeur de l'instant, l'imminence de l'explosion. Elle se fait oublier.

Le môme veut rejoindre Grand-Père.

La feuille de cahier porte les marques du froissage et les pliures embrouillent le message au crayon de bois qui n'est pas un dessin. Le môme reconnaît aux flèches qu'il s'agit d'un plan. Il identifie la voie ferrée sous le pont. Il repère une croix qui à coup sûr désigne un lieu de rendez-vous quelque part à proximité de l'économat. Il déchiffre les mots que Gusse a écrits à la façon d'un titre : Pour Mouche.

Nuche, ce qu'on lit est parfois trompeur. Les mots jouent des tours si on leur prête des intentions.

Le môme ne dort pas. Grand-Mère non plus. Bout-de-Chou va bientôt s'éveiller. La Mère se lèvera lui donner la tétée qui ne calmera personne. Autour de la table de cuisine commencera la ronde nocturne et la Mère exténuée n'aura plus conscience des horreurs et des menaces criminelles qu'elle profère. Elle s'enfermera dans les toilettes, tirera la chasse d'eau sans noyer la larve dans le tourbillon.

D'où je suis, même si en esprit j'ai l'âge de Feuilles-de-Chou, je ne risque plus que le sommeil me plonge dans mes cauchemars d'enfance. Intimement, je suis Feuilles-de-Chou et comme lui je refuse de me blottir contre Grand-Mère. Son bras qui m'entoure me ridiculise. Ses doigts qui caressent mon front m'infantilisent. Je n'ai plus l'âge des câlins. Je ne devrais pas sangloter. Je me déteste de sangloter malgré moi.

Je me raisonne. Que ce soit bien clair entre nous, et j'entends par nous le Nuche que j'étais enfant et le Nuche adulte que je suis devenu, mon rôle se limite à observer le môme, pas à prendre sa place même en rêve. Le pacte que j'ai conclu avec la chronologie ne me donne pas tous les droits. Je n'ai traversé le temps que pour découvrir quel autre homme je serais si je n'avais pas raté l'épreuve du pont.

Rien d'autre. Les à-côtés ne me concernent plus. Je n'ai pas franchi la barrière des âges pour revivre des cafouillages qu'avec les années j'ai réussi à oublier. Je me moque des rendez-vous secrets de Gusse et de Mouche, à l'économat ou ailleurs. Leurs histoires sont leurs histoires. Qu'importe si je ne soupçonnais rien de ce qu'ils manigançaient dans mon dos. Jusqu'où tout croire des amis ? Je ne vais tout de même pas être jaloux avec cinquante ans de retard. Je ne veux pas savoir ce qu'ils sont devenus.

Longtemps je me suis illusionné. Je me croyais habité d'un désir fou de partir à leur recherche jusqu'à les retrouver tels qu'ils étaient le jour de notre séparation. Mensonges que je me racontais. Je me mentais sur mes véritables intentions dictées par la vengeance plus que par l'amitié. Raison pour laquelle je me suis bien gardé d'avancer d'un seul pas à leur rencontre de peur qu'ils ne confirment leur crime.

Le drôle Feuilles-de-Chou marche dans le caniveau en direction de l'école. Yssanchou l'attend à la hauteur de la maison de la guérisseuse en observant les rotations de la grue au-dessus du chantier. Nuche traîne la jambe et boitille. Je l'ai vu s'asseoir sur la bordure du trottoir, peu après avoir tiré le portillon derrière lui. Il glissait une boule de papier dans sa chaussure. La droite. Pas étonnant s'il boîte.

Je devrais être le mieux placé pour savoir ce qu'il complote si je ne m'étais appliqué à gommer les détails de l'enfance pour l'essentiel. Seule l'épreuve du pont me relie à cette époque avec l'obsession de découvrir la solution de l'énigme. Mon échec vieux de cinquante ans est devenu une idée fixe qui s'est emparée de mon esprit, de mes comportements, de mon existence. Sans cette affliction mentale, j'aurais coupé toute relation avec le gamin que j'étais. Or cette question lancinante me contraint à lui redonner vie. Je m'acharne à vouloir comprendre bien au-delà du raisonnable, quitte à errer entre deux calendriers, quitte à m'égarer entre deux géographies dont les repères se superposent.

J'ai conservé la Pirofa que Gusse a volée à son père avant de partir pour la frontière espagnole, aiguilles bloquées sur la même heure qu'autrefois. Je ne l'ai jamais donnée à réparer comme si la montre m'imposait sa tutelle. Dans mes passades d'obscurantisme je me persuade qu'elle dirige ma vie, qu'elle me retient prisonnier du temps.

Nuche a raison de vouloir la briser sur le ciment de l'escalier. Elle n'en mourrait pas, hélas, les montres ayant une réputation d'immortalité. Elle s'en sortirait avec des égratignures sans conséquences. La Pirofa du Père-Nuno mérite d'être sacrifiée sur l'acier des rails, broyée sous la masse d'une loco-vapeur.

Si le drôle hésitait à la détruire, j'interviendrais exceptionnellement. J'arracherais ses engrenages, je tordrais ses roues dentées, je disperserais les ressorts de sa carcasse comme les os d'un monstre défunt pour lui passer l'envie de se reconstituer.

Ce matin il me semble que je perds espoir. Je n'apprendrai plus jamais ce que le Père attendait que je découvre du haut du pont. L'illusion faiblit de reparcourir les lieux avec les yeux de Nuche qui me déçoit. Il se révèle bien plus faible que dans mon souvenir Comment pourrait-il réussir ? Il n'est pas de taille à affronter l'épreuve. J'en veux pour preuve ces deux mots gribouillés sur un bout de papier qui suffisent à le détourner de la carabine qu'il désire maintenant moins que l'amour de Mouche. Sait-il ce qu'il désire ?

A son âge, je n'ai pas montré plus d'audace. La détermination m'a manqué. S'il est encore temps de lui porter secours, il me faut le convaincre de renoncer à l'épreuve avant qu'il ne courre à l'échec et qu'il n'en traine l'humiliation le reste de sa vie. Autant lui épargner de se demander quel autre adulte il serait devenu s'il avait réussi.

J'attends la récréation, dissimulé dans l'ombre que forme à cette heure la toiture de la cantine en limite de ce qui était alors la cour des filles. A quelques pas de moi des cordes à sauter fouettent le sol au rythme des jupes qui s'envolent. Juste en face, contre le mur ensoleillé rebondissent des balles que des mains virtuoses saisissent tandis que les corps acrobates se trémoussent. Le cercle des copines encourage et applaudit l'adresse des figures improvisées. Les classes de garçons sortent une dizaine de minutes plus tard afin de réduire les occasions de rencontres dans la zone frontière matérialisée par des traits à la chaux.

Le drôle Feuilles-de-Chou s'éloigne en boitant vers l'abri à vélo. Deux élèves se poursuivent, tournent autour de lui comme autour d'un arbre, s'agrippent à sa blouse. Avec les cris des mômes, je n'entends pas ce qu'il leur répond. Des mots qui ne leur plaisent pas. Les deux trublions se réconcilient dans l'adversité et reviennent s'occuper de Nuche. La casquette s'envole. Son corps s'incline, se plie. Il a cessé de leur tenir tête maintenant. Les agresseurs reprennent leur poursuite vers d'autres bousculades.

« Pourquoi gardes-tu cette boule de papier dans ton soulier ?

— J'apprends à résister, monsieur Oui-Non.

— Tu penses vraiment qu'il suffit de piétiner ce mot pour calmer ta colère, disons ta jalousie. Gusse a dessiné un plan pour Mouche. Tu imagines quoi ? Qu'ils se rencontraient en cachette de toi ?

— Je ne suis pas jaloux pour la bonne raison que le message, Gusse ne l'a pas du tout écrit pour Mouche. Les lettres gribouillées ont trompé ta lecture. Regarde mieux et tu déchiffreras sans hésitation Pour Nuche. Qu'avait-elle besoin d'un croquis, Mouche, pour aller jusqu'au pont ? Bien au contraire, Gusse me destinait ce plan pour m'aider à gagner la carabine.

— A un détail près que tu négliges. Avant de partir avec la Mamé-Nuno, Gusse ignorait forcément tout de l'épreuve, vu que tu ignorais toi-même ton envie de posséder une carabine.

— Faut croire que je lui en avais parlé ou qu'il avait deviné. Un ami devine nos pensées sans besoin de longs discours.

— Si je t'entends bien, tu n'as aucune raison de t'infliger cette douleur sous le pied. Jette donc ce papier.

— Je m'exerce à endurer le mal. Gusse supportait le ceinturon et ne craignait pas les cancres de la cité Espérance qui d'ailleurs ne s'attaquaient jamais à lui. Je veux lui ressembler et danser avec Doll sans redouter les brutalités de ces vauriens jaloux, et marcher de nuit jusqu'au pont sans m'effrayer des ombres.

— Justement, je venais t'avertir qu'il vaudrait mieux renoncer. La carabine, c'est une mauvaise idée.

— Renoncer, n'y compte pas. Pas plus tard qu'hier tu m'assommais de tes leçons de courage. Nuche, secoue-toi, si tu restes immobile sans aller nulle part, tu vas finir par reculer. Tu vas ressembler à une larve entre deux feuilles de chou. Merci monsieur Oui-Non pour tes conseils de girouette.

— Je souhaite ton bonheur Nuche. Regarde l'adulte que je suis devenu. J'ai d'autres ambitions pour toi que l'échec.

« – Qui es-tu donc pour croire si peu en moi ? Mon propre Père a confiance et l'obstacle qu'il me donne à franchir le prouve. Toi, quelle preuve me donnes-tu ? Si tu veux m'aider raconte-moi comment tu t'es débrouillé de ton enfance, comment tu as supporté la séparation de ceux que tu aimais. Est-ce trop te demander de me dire sans mentir ce qui te poussait à sortir du lit chaque matin pour grandir, à quitter tes rêves pour affronter la réalité du monde. Rassure-toi, je ne croirais pas tout. »

Le drôle Feuilles-de-Chou court à cloche-pied rejoindre les élèves en rang sous le préau. Il tient sa casquette enfoncée sur les oreilles. À quoi sert de le prévenir des déceptions qui l'attendent s'il espère affronter le destin en s'arrangeant de ses mensonges ? Mentir juste n'est pas falsifier la vérité ni la trahir.

Métamorphoses

Deux ampoules avaient gonflé sous mon pied pendant la journée. Voilà que je me transformais en chat. Je ressemblais à Plume avec ses coussinets moelleux sous les pattes. Le chien de Gusse avait des bourrelets noirs et durs comme des pneus. Quelle épreuve pénible que de devenir quelqu'un d'autre et ce n'est pas plus simple de commencer par se mettre dans la peau d'un animal domestique. Mon intention d'être la réplique de Gusse perdait en enthousiasme. Je faiblissais après ma première initiation au supplice. Une boulette de papier glissé sous le pied n'était pourtant rien en comparaison du ceinturon. Il avait suffi d'un seul pied échauffé pour que j'hésite à franchir le pas d'une métamorphose qui avait commencé par m'arracher la peau à mesure que j'avançais.

De toute façon, boule de papier dans le soulier ou non, chaque nouvelle enjambée me coûtait. Jusqu'à ce jour, qu'avais-je réussi dans la peau de Nuche dont je pouvais être fier ? Ma puérilité me desservait. Seule Mouche recherchait ma naïveté. Dans mon univers de croyances ridicules elle venait se guérir des outrages de la réalité. Mon innocence réparait son paradis imaginaire. Si elle n'était pas partie dans le Poitou à la mort de sa mère, elle aurait entretenu le mensonge dont elle profitait et qui nous servait de paravent. Elle n'aurait pas saccagé mes illusions. Plutôt que de me mettre en garde, Nuche, faudrait pas tout croire, elle aurait affirmé avec une égale assurance, faut croire que si. Alors nos mains n'auraient pas fouillé entre nos cuisses.

Au fond, Mouche préférait Gusse qui savait. Je n'étais pas Gusse. Je me promettais de le devenir.

En classe, je m'exerçais à supporter jusqu'au sang et aux larmes la piqûre de ma plume d'acier dans mon bras. L'encre violette colorée d'un peu de sang bleuissait ma peau de tâches que j'étalais avec le buvard. En récréation, j'allais au-devant des bousculades. J'entravais la course des gendarmes et des voleurs. J'empiétais sur leur territoire. J'espionnais les complots des bagarreurs. Je décomptais mes bleus, je frottais mes bosses, je lavais mes écorchures. Pour vérifier si j'égalais la résistance de Gusse, j'aurais tendu le dos et les cuisses pour éprouver le fouet d'une ceinture.

Le Père ne me battait jamais. S'il lui arrivait de lever la main sur moi elle restait levée. Ce n'était pas faute de provoquer sa colère. Une fois avec des sous que lui avait donnés Grand-Mère, il avait acheté pour le potager quatre mètres de tuyau d'arrosage qui faisait sa fierté. A l'aide d'une pointe et d'un marteau je l'avais percé de trous en pointillés. Le Père avait attrapé une binette, brandi le manche et à travers les allées et jusqu'en haut des marches de l'escalier il m'avait menacé de me rosser. Il n'avait pas frappé, ne m'offrant pas l'excuse des coups pour expier ma méchanceté.

Je me figurais devenir Gusse plus facilement. Sur les rails, je marchais nu-pieds en équilibre, bras écartés, ordonnant à Plume de m'imiter. Ce qu'elle faisait par jeu, je l'interprétais comme la preuve de mon autorité. Gusse savait se faire obéir de son griffon. Il ne plaisantait pas avec le dressage et Mouche applaudissait sa tyrannie. Comme lui je m'entraînais à supporter la morsure des fourmis, la piqûre des chardons. J'attrapais les orties à poignée et je le regrettais le reste de la semaine. Grand-Mère me frictionnait au vinaigre, je puais le cornichon jusqu'au dimanche. Sur le chemin du patronage, la petite peste de la Polonaise se bouchait le nez tandis que Doll prenait mes mains dans les siennes et respirait ce qu'elle appelait une odeur d'homme.

« Bonjour Gusse, tu vas donc au patronage maintenant. Nuche est malade ? Je ne le vois pas avec vous.

— Mais c'est moi Nuche.

— Non ? Ce n'est pas toi ? Je te prenais pour Gusse.

— Tu as décidé de te moquer, Monsieur oui non, ou tu fais semblant de pas me reconnaître ?

— Je t'assure. Je pensais voir Gusse.

— Tu trouves vraiment que je lui ressemble ?

— Vraiment. Si ce n'était ta voix qui m'est familière à l'oreille, je persisterais à me méprendre tellement il y a quelque chose en toi de métamorphosé. Par quelle magie as-tu réussi à tromper ma perspicacité ? En t'observant dans la rue, escorté comme un prince par les filles de la Polonaise, ton allure décidée m'a surpris et plus encore ta façon intrépide d'approcher de la cité Espérance sans peur. J'ai eu l'impression de ne pas me reconnaître moi-même.

— Tu ne te reconnais pas ? Je comprends mal ce que tu viens faire dans mon histoire. »

Entre mes mains je serrais la montre que Gusse m'avait donnée. Pour plaire à Doll, je lui permettais d'écarter mes doigts sans trop lui résister et je guettais sur son visage l'émerveillement de découvrir mon trésor. Mon envie de l'épater prédominait toute précaution contre l'indiscrétion car bien sûr elle aurait pu ébruiter le mystère de la montre volée, dénoncer les coupables. Son charme hypnotique était tel que je ne pensais qu'au profit immédiat de son intérêt pour moi et je n'imaginais pas qu'elle trahisse un secret qui semblait lui en imposer et me grandissait à ses yeux. Quelle imprudence à l'égard de sa peste de sœur qui pour se faire valoir ou par jalousie aurait pu révéler mon étrange possession !

De la pénombre de mes mains qui formaient une corolle, un rayon vert fluorescent s'échappait entre mes pouces légèrement écartés. La petite peste avait reculé, soupçonnant un attrape-nigaud qui allait lui sauter au nez. Elle se moquait de nos simagrées d'approche. L'aînée s'était penchée à me toucher pour observer d'où venait cette étrange lumière. Son front effleurait le mien et le chatouillait. L'air chaud de sa bouche se mêlait à ma respiration. Nous étions deux abeilles butinant la même fleur. On ne distinguait ni la montre ni ses aiguilles. Seuls brillaient deux bâtons effilés à chaque extrémité qui se confondaient avec deux vers luisants soudés bout à bout. Doll avait relevé la tête et son regard plongeait dans le mien.

« Tes yeux sont verts, Nuche, aussi phosphorescents que ceux d'un chat, la nuit. Tu ressembles à un chat. Personne ne te l'a jamais dit ?

— Personne. On ne m'a jamais regardé d'aussi près. Tu penses vraiment que je me transforme en chat ?

— Pas d'accord. Où sont donc ses moustaches ? Et regarde ses oreilles, elles ne sont ni fines ni pointues. Il n'a pas du tout l'air d'un chat.

— Tu regardes sans voir, Julie. Tu es trop petite encore pour savoir lire dans les yeux.

— Julie a raison. Je n'ai pas l'allure d'un chat. Si j'étais transformé en chat comme Plume, je miaulerais. Je serais couvert de poils et sous cette apparence, qui reconnaîtrait Nuche ?

— L'apparence est trompeuse. Tu pourrais porter un déguisement de chat sans pour autant être métamorphosé en chat. Toi, au contraire, la modification passe inaperçue et cependant tu n'es plus le même.

— Plus le même mais pas un chat non plus.

— Voilà. Dans la rue personne ne te confondra avec Plume. Ton corps ne lui ressemble pas, ton esprit oui. Ton tempérament se fortifie de son instinct de chat, de son habileté à se faufiler dans l'obscurité et à repérer ce que personne d'autre ne distingue.

— Tu penses que j'ai le don de voir dans la nuit ?

— Certaine. Et d'autres pouvoirs aussi que je devine et que tu découvriras bientôt. Persuade-toi que les gars de la cité ne te valent pas.

— Bravo grande sœur pour cette déclaration ! Et toi, Nuche, arrête de ronronner dès qu'on te caresse le poil. Doll est amoureuse, rien de grave, j'ai l'habitude. Elle s'en sortira mais l'entendre roucouler jusqu'au ridicule, j'ai honte. Si grandir c'est rougir en laissant croire aux garçons qu'ils ont de beaux yeux verts, je préfère rester à mon âge. »

Dans mon souvenir, Mouche avait des pupilles de chat. Lorsqu'elle me fixait, j'aurais juré que son regard s'allumait d'une lueur verte aussi fluorescente que les aiguilles de la montre que Gusse avait volée pour me l'offrir. Je désirais tant qu'on soit la réplique l'un de l'autre que j'inventais nos ressemblances. J'inventais qu'on se confondait et je cherchais dans ses yeux une approbation qui n'était pas toujours au rendez-vous. Selon que Mouche soutenait mon regard ou s'en détournait, je passais de la légèreté d'être aimé à l'incertitude pesante de ne l'être plus.

Mouche, je l'oubliais. La fille aînée de la Polonaise m'éloignait d'elle. Avec Mouche j'avais vécu en catimini. On avait exploré toutes les variations de l'obscurité, la fausse nuit des placards, la pénombre des dessous du lit dans la chambre de sa mère, l'opacité des armoires de rangement de son père, les ténèbres de la cave, le demi-jour de l'abri sous l'escalier et les ombres des multiples recoins.

A l'inverse, Doll m'ouvrait les portes en grand, enlevait les rideaux des fenêtres. Elle m'obligeait à sortir, à me montrer. Elle m'attirait dans la rue à la vue de tous. Doll m'entraînait vers la lumière. Je quittais mes cachettes, n'en menant pas large de me mettre à nu.

À l'école, j'avais continué de me cacher malgré moi sous une identité que l'instituteur m'avait attribuée dès le premier jour pendant l'appel. Absorbé à pointer sa cohorte d'écoliers sur le registre d'où il ne levait pas le nez pour en finir au plus vite, le maître avait calé sur un silence. Fort agacé et élevant la voix, privilégiant l'hypothèse de l'étourderie sur la possibilité d'une absence, il avait répété le nom de l'étourdi qui ne répondait pas. Son regard accusateur s'est-il attardé plus longtemps sur moi ? En baissant les yeux, j'ai déclenché ses remontrances. Il avait grogné ce nom qui n'était pas le mien ; j'avais répondu présent.

Ainsi tous les jours de l'année en début de matinée et d'après midi, j'incarnais mon rôle dans la distribution des personnages de la classe devenant cet écolier mystère qui ne s'était jamais présenté. Je n'en souffrais pas. J'appris en revanche à profiter de ma doublure pour m'inventer un monde parallèle. Je menais double vie et me comportais en élève clandestin préoccupé de sa seule transparence. Lors des compositions mensuelles, l'excellence de mes résultats attirait l'attention et l'intérêt qu'on me portait alors menaçait de démasquer l'imposteur que j'étais et de me laisser seul avec ma véritable identité. Par bonheur le maître jugeait mes notes accidentelles et ne s'attardait pas à approfondir mon identité. J'appréciais l'anonymat.

Sur le chemin de l'école, La-Nouille profitait des absences d'Yssanchou pour m'accompagner. Rarement l'un à côté de l'autre, je le suivais et l'imitais. S'il tapait dans un caillou je le faisais après lui. S'il marchait un pied sur la bordure du trottoir, l'autre dans le caniveau, je copiais son exemple. Il se retournait pour s'assurer que je répétais ses gestes. Il continuait à reculons. Moi aussi. Pour le retour, sitôt arrivé à la hauteur du portillon de chez nous, La-Nouille finissait en courant jusqu'à l'entrée de la gare. J'attendais qu'il arrive. Nos bras se saluaient. Notre relation s'arrêtait là. Nous n'étions pas de la même classe.

Le patronage m'obligeait à sortir de ma cachette, à me découvrir, à sortir de moi-même. Pour y parvenir j'apprenais à devenir Gusse. Les vauriens de la cité Espérance ne se doutaient de rien. Ils ignoraient à qui ils auraient à faire.

Si l'école était un lieu de protection où j'arrivais assez bien à me fondre, le patronage m'obligeait à me déloger de mon terrier. Je m'éloignais du quartier où j'avais mes habitudes parmi ceux qui formaient le clan des cheminots. Il m'en coûtait de me mettre à découvert et je n'oublie pas de quelle façon les cancres des Millions m'avaient infligé une leçon de réalité.

L'humiliation que j'avais ressentie m'avait d'autant plus marqué que je m'imaginais autrement plus invincible. La révélation de ma faiblesse m'avait blessé plus encore que leurs coups, avait laissé des traces plus profondes que les bleus sur ma peau. La raclée m'avait ouvert les yeux sur la souffrance que Gusse endurait sous le ceinturon. Souffrance dans la chair qu'il combattait par l'esprit, par sa force d'âme. Il opposait une résistance à la douleur en s'obligeant à l'insensibilité, à l'indifférence au mal. Gusse battu ne fléchissait pas. Il fixait son père qui le fouettait. Gusse en dépit des apparences dominait le Père-Nuno.

J'avais l'intention de gagner cette force de caractère qui métamorphose la douleur, qui l'anesthésie et procure une sensation de puissance capable de vaincre par l'esprit celui qui n'utilise que ses poings.

On approchait de la cité Espérance. L'instant arrivait de vérifier si je pouvais exercer mon intelligence contre la force brute des vauriens qu'insupportait la main de Doll serrée dans la mienne. Ils ne pouvaient deviner que nos doigts se refermaient sur la montre volée. Le maître d'école traversait l'esplanade, coupait par le tourniquet où des mômes s'étaient immobilisés sur son passage. Son regard s'était d'abord porté sur Doll, sur mes culottes courtes, sur nos mains enlacées puis s'était détourné. Je le saluais d'une voix trop timide pour qu'il m'entende. Il n'avait pas répondu, ne m'avait pas reconnu.

Autour des bâtiments, l'activité semblait interrompue, toute vie suspendue. Les cancres qui m'avaient attaqué l'autre semaine ne nous menaçaient pas, indifférents, pétrifiés dans un mouvement interrompu. Ils ne se jetaient pas sur nous. Leurs regards seuls suivaient notre progression. La plus jeune des filles de la Polonaise s'accrochait à mon gilet, marchait dans mes pas semblant craindre le silence qui précède l'orage. L'étrangeté de l'instant n'avait pas échappé à Doll.

« C'est la montre de Gusse ! Elle arrête le temps.

– Non, le maître d'école. Tout le monde le craint.

– Pourquoi elle ne serait pas magique, ta montre ?

– À quoi elle servirait ?

– On le saurait si tu essayais ses pouvoirs.

– Il n'y a pas de magie dans une montre arrêtée.

– Faut croire que si. Oui ou non, tes yeux sont-ils devenus verts ? La nuit, vois-tu comme un chat ? »

La journée au patronage m'avait semblé un moment fabuleux d'éternité. J'aurais volontiers cessé de grandir tant j'étais heureux. Doll m'avait réservé la plupart des danses de l'après-midi. Elle avait gardé le secret de la montre mais pas celui des poésies que je lui écrivais. Elle s'était épanché avec tant d'admiration auprès de ses copines qu'elles me suppliaient de leur improviser sur le champ des mots à rêver, des mots inventés que leurs lèvres faisaient mine de suçoter plus amoureusement que sucreries et miel.

Je n'y voyais pas malice. Les moniteurs eux-mêmes me pressaient de leur lire mes rimes. Ils me considéraient avec curiosité. Je remarquais leurs sourires encourageants, pas leurs rires moqueurs. Doll avait refermé le cercle des attentions autour de moi. J'étais au centre du cercle, pas peu fier du retournement de situation à mon égard. Je ne réalisais pas que j'occupais le cœur de la cible qui attire les flèches de la jalousie et de la dérision pour qui se montre trop différent.

Les filles de la Polonaise étaient reparties en voiture avec leur mère après la pose du goûter. J'avais fait le chemin du retour avec Yssanchou qui traînait à attendre la tombée de la nuit pour vérifier que mes yeux s'allumaient dans l'obscurité, ce que Doll lui avait certifié et qu'il refusait de croire, ignorant que ce pouvoir me venait de la montre.

Au croisement de la cité Espérance et de l'avenue Stalingrad, parallèle à la voie ferrée, un homme plus jeune que Monsieur Oui-Non, debout à côté de son vélo qu'il tenait d'une main, un homme qui aurait pu être le Père si je n'avais su qu'à cette heure-là le Père travaillait au potager, surveillait les alentours. Un matou qui aurait pu être Plume l'accompagnait, les oreilles aux aguets dans une position inhabituelle de chien de garde.

Malgré la nuit avancée, mon regard félin était resté éteint. Mon pouvoir de me diriger dans le noir n'avait pas convaincu Yssanchou. J'étais passé pour un menteur. Il aurait fallu que je sorte la montre de ma culotte pour que l'effet se produise. Mais il était hors de question de partager un secret déjà bien éventé depuis le matin.

Trop absorbé par l'exercice de mes pouvoirs, j'en avais oublié la menace des bagarreurs de la cité. Les ignorer m'avait réussi.

Tandis qu'Yssanchou poursuivait son chemin seul vers la gare, le Père était arrivé à la hauteur du portillon chez nous en roue libre sur son vélo, précédé de Plume.

Mauvais tours de magie

Grand-Mère était assise dans l'escalier qui descendait au potager. Depuis des heures elle équeutait des haricots verts qu'elle entassait dans le creux de son tablier. C'était la dernière récolte avant l'arrachage des rames. Les bocaux ébouillantés attendaient la stérilisation. Ces légumes n'avaient pas d'attrait pour moi. Je les détestais autant en conserve que frais cueillis, bouillis et revenus à l'ail dans l'huile de la poêle. Les ramasser dans le jardin me lassait et je me plaignais du dos pour tenter d'en être dispensé. Les équeuter me verdissait les ongles tellement je m'y prenais mal. Mais la Mère n'avait cure de ma colonne vertébrale et n'attendait pas mon avis pour préparer les légumes et les fruits du jardin pour l'hiver. Je me montrais maladroit pour me soustraire à l'écossage. Mes petits pois s'échappaient trop souvent des gousses ventrues et roulaient dans la terre au bas des marches.

« Tu gaspilles, Nuche ! Te contenteras-tu d'une assiette à moitié pleine, cet hiver ? »

La Mère n'attendait pas mon avis non plus pour le dénoyautage des pêches avant qu'elles ne soient trop mûres. Chez nous rien ne se perdait. Avec la lame du couteau je séparais les oreillons et avec la pointe je poursuivais les asticots dans leur galerie, ce qui me captivait tant que j'enlevais trop de chair. Gaspillage intolérable qu'on ne pouvait se permettre.

Assis près de Grand-Mère, à portée du panier de haricots dont le niveau ne baissait pas, je maintenais une cuvette coincée entre mes genoux. C'était la jauge à atteindre de ma participation. Sitôt remplie, mon travail cessait après quelques vérifications. Avais-je bien retiré les fils ? M'étais-je appliqué à casser des queues courtes. Grand-Mère me parlait. Je devinais le sens plus que je ne comprenais son patois. Je me faisais l'impression d'être Gusse quand la Mamé-Nuno le menaçait dans sa langue qu'on prenait à tort pour de l'espagnol. Gusse, comme moi, comprenait l'intention pas les mots. Plus je l'imaginais dans les montagnes de la frontière à pêcher dans les torrents, plus ralentissait mon rythme d'équeutage.

Impériale et dominatrice, Plume pesait de tout son corps en haut des marches, en limite du seuil de la porte qu'elle ne s'avisait pas de franchir à cause de Bout-de-Chou dont le nez coulait alors qu'à la mi-octobre on ne se serait pas crû à l'automne tant la chaleur d'été se prolongeait.

La corvée d'épluchures terminées, j'avais rejoint le dessous surchauffé de l'escalier où l'air circulait mal. La montre de Gusse dans le creux de ma main, je réfléchissais au moyen de lui ressembler. J'étais impatient d'acquérir son endurance au mal, son aisance de gars qui a tourné le dos à l'enfance, ce qui n'était pas mon cas. La montre me reliait à lui mieux qu'un téléphone que de toute façon nous n'avions pas chez nous. Dans le quartier, seuls les cheminots conducteurs des locos en étaient équipés quand ils étaient d'astreinte. Le Père n'assurait jamais de permanence.

Même s'il m'arrivait de douter des pouvoirs magiques de la montre, preuve que je devais commencer à grandir à force de me répéter qu'il ne faudrait pas tout croire, j'éprouvais son influence bénéfique. Mes yeux verts de chat n'avaient pas l'acuité nocturne de ceux de Plume, j'en convenais. Cependant l'obscurité de la cave me paraissait moins impénétrable et quand faute de lieux vraiment noirs pour m'exercer je fermais mes paupières bien closes ma vue gagnait en luminosité.

Pour ce qui concernait la possibilité d'immobiliser le temps, je manquais d'assurance pour m'en servir. J'en avais eu la révélation trop récemment quand, en compagnie de Doll à l'aller et au retour du patronage, j'avais traversé la cité Espérance sans être inquiété. D'autre part, bien conscient que j'ignorais pour l'instant la manière de donner des ordres à la montre, je n'étais pas assez stupide pour la laisser agir à sa guise sans me consulter. Pour être franc, je craignais d'arrêter malgré moi un train de voyageurs ou la grue du chantier, tout et n'importe quoi sans connaître l'antidote pour y mettre fin. Il y avait le pour. Quel soulagement pour la Mère si je suspendais rien qu'une nuit sur deux les cris lancinants de Bout-de-Chou ! Il y avait le contre. J'hésitais devant le risque de ne plus savoir le réveiller au matin. Il y avait le pour et le contre. Maintenir le Père en équilibre sur son vélo m'aurait amusé mais l'empêcher de tomber était une autre histoire. A n'en pas douter, la montre m'offrait autant d'avantages qu'une baguette magique. Il me manquait le guide illustré d'exemples concrets. Il me manquait le courage de m'en servir.

Je me concentrais et j'interrogeais Gusse sur les pouvoirs de la montre volée au Père-Nuno. Je lui parlais comme je vous parle en ce moment. Il me répondait bien sûr. Je l'entendais aussi clairement que je vous entends vous-même. Depuis son départ chez la Mamé-Nuno à la frontière espagnole sa voix avait gagné en énergie et en autorité. C'était la voix d'un gars qui avait beaucoup grandi et j'avais sursauté, surpris par le ton. Moi je chuchotais, les doigts en écran devant ma bouche pour éviter d'attirer l'attention. Seul l'escalier juste au-dessus de ma tête me séparait de Grand-Mère qui alignait maintenant dans les bocaux les haricots lavés à l'eau et au vinaigre.

« Gusse, j'entends ta voix. Es-tu tout près de moi ?

— Beaucoup plus près. Si tu te regardais dans le cadran de la montre tu verrais que je suis là.

— Je ne vois rien.

— Frotte ton dos avec ta main ! Tu ressens quoi ?

– Les fesses me brûlent comme si j'avais reçu des coups de trique.

– Preuve que je suis toujours avec toi. Quand Doll entremêle ses doigts avec les tiens, je suis présent. Quand son visage effleure le tien, je suis présent.

– Je ne comprends pas, Gusse. Tu veux dire que Doll me prend pour toi, qu'elle m'aime par méprise ? Tu mens, Gusse. Mes poèmes lui plaisent et toi, tu ne sais pas aligner deux rimes. »

Je commandais à la montre de mettre fin immédiatement à cette conversation désagréable. Je ne reconnaissais pas Gusse, celui qui avait bravé les coups du Père-Nuno pour m'offrir une merveille dont les aiguilles indiquaient alors les plus infimes minutes. Entre Gusse et moi les disputes n'existaient pas, pas la moindre anicroche entre nous. Il ne m'aurait jamais reproché de ne plus mériter son cadeau. Gusse n'avait pas mauvais esprit. Pourquoi se mêlerait-il de semer le doute sur la sincérité de Doll à mon égard ? Alors ? La montre déraillait, m'incitait à médire, me poussait à rompre une amitié affaiblie par la séparation.

Je m'inquiétais de savoir si les montres, à l'image des hommes, ne possédaient pas différents visages, phosphorescents parfois, parfois ténébreux, énigmatiques, assombris d'une humeur noire.

Faut croire que si.

Bout de Chou aux mains de la guérisseuse

J'ai rarement vu Nuche aussi tourmenté et morose. Il me rappelle le jour où la sauterelle est partie et particulièrement cet instant où s'était gravé dans sa mémoire le sourire désolé de Mouche, visage collé au pare-brise arrière tandis que la voiture s'éloignait. Je m'en souviens comme je me souviens de ses doigts accrochés au grillage et de son cœur à l'arrêt pour immobiliser le temps tandis qu'il s'interdisait de rattraper Gusse et de le retenir.

Le drôle-Feuilles-de-Chou est inquiet de tout son être. Jamais la femme du mécano vapeur ne se déplace à domicile pour dispenser ses soins. Le Père l'a prévenue au lever du jour après une nuit blanche. La Mère et Grand-Mère se sont relayées pour apaiser Bout-de-Chou contre leur poitrine, le bercer, réchauffer dans leurs mains ses mains bleuies, insuffler la vie dans son corps qui se convulse à faire peur.

Le môme se demande si la métamorphose de larve en petit homme va réussir. Nuche n'imaginait pas la mue aussi douloureuse. Quel sot ! Il prend conscience de sa stupidité tenace. Il réagit comme avant quand il ne savait pas que les choux engendrent des soupes pas des bébés. Les mensonges sont durs à cuire, ils s'incrustent dans les pensées, ils ressurgissent dès que l'esprit perturbé n'arrive pas à expliquer par la raison le malheur qui menace. Le drôle Feuilles-de-Chou est à deux doigts de raviver des balivernes qui ont établi les fondements de sa prime éducation.

Avec les années j'ai minimisé ma naïveté d'enfant. Je n'aurais jamais pensé être resté crédule aussi longtemps. Faut croire que si.

La guérisseuse est installée dans la chambre des parents, seule avec Bout-de-Chou qu'elle cale entre ses seins. Leurs peaux dénudées transpirent l'une contre l'autre. Ses mains enveloppent le front et couvrent la tête jusqu'aux oreilles. Il ne se passe rien. À peine si je devine un mouvement des lèvres, un léger tremblement continu qui ne laisse entendre ni cantique murmuré, ni formule magique. Les yeux de la guérisseuse sont clos. Ceux de Bout-de-Chou aussi. Ils dorment. Assis sur le rebord du lit près de la fenêtre, je ne perçois d'autre manifestation de vie qu'un spasme qui les secoue par intermittence. Des sanglots venus des profondeurs éclatent en surface.

Attendre sans participer à l'action est insupportable. La Mère a accepté à contrecœur de quitter la chambre. Elle persiste à penser que sa place serait avec Bout-de-Chou, pas dans la cuisine où Grand-Mère, prenant sur elle l'angoisse offensive de sa bru, trouve les mots qui apaisent, lui caresse la main sans donner l'impression de se mêler de ses affaires ni chercher à profiter de sa faiblesse provisoire. L'attente est interminable. La matinée avance. Aucune information ne parvient de la chambre. La Mère voudrait comprendre pourquoi elle n'entend plus respirer ni Bout-de-Chou, ni la guérisseuse.

Assis en boule sous la table, Nuche se retient d'aller se dénoncer. Oui, c'est lui le fautif. Il a espéré la maladie de Bout-de-Chou. Un souhait si fort qu'il ne pouvait que se réaliser. Le drôle Feuilles-de-Chou entrevoit à qui il destinait la carabine. Son cœur s'affole de se découvrir d'une telle cruauté. Il ne se savait pas si mauvais. Faut croire que si.

Assis en boule sous la table Nuche se retient d'aller se dénoncer. Oui, c'est lui le fautif. Il est prêt à révéler le vol de la montre du Père-Nuno. Oui, il est complice de vol et de mensonge. Ses aveux sont imminents, le temps de récupérer sous l'escalier la montre qu'il a cassée par imprudence. En échange de la guérison de Bout-de-Chou, il renonce aux aiguilles fluorescentes qui lui donnent des yeux de chat. Il renonce au pouvoir d'immobiliser les cancres de la cité Espérance. Il renonce à devenir Gusse, à réussir l'épreuve du pont, à gagner la carabine. Il renonce à séduire Doll et jure qu'il ne lui écrira plus de poésies.

« Tu n'en fais pas un peu trop, le drôle ?

— Monsieur Oui-Non ? Où êtes-vous ?

— Derrière la cloison dans la chambre à côté de ton petit frère et de la femme du mécanicien vapeur.

— Je ne vous crois pas. Si vous étiez dans la chambre avec eux vous ne pourriez pas me parler sous la table en même temps.

— Faut croire que si. Et d'ailleurs tu m'entends fort bien. Mais ne détourne pas ma question. Comment expliques-tu ce brusque débordement de bonté qui te pousse à la repentance ? Par quel miracle éprouves-tu soudain de l'intérêt, que dis-je ? de l'intérêt, le mot manque de chaleur, disons de l'affection, de l'amour, c'est dit, de l'amour pour la larve baveuse et criarde que tu étais pressé de tenir au bout de ta carabine ?

— La méchanceté vous sort par les yeux, monsieur Oui-Non. Elle vous bouche le jugement et vous empêche de réfléchir. Vous ne savez jamais ce que vous voulez. Vos conseils sont toujours contraires à mes intentions comme si votre seule préoccupation était de me faire des croche-pieds pour compliquer chacun de mes projets. Évitez de m'adresser la parole si vous ne savez que répéter ce que j'entends déjà dans ma tête.

— Qui te reproche de te tracasser de Bout-de-Chou ? Pas moi. Mais as-tu besoin d'arrêter de vivre pour le sauver ? Tu es coupable d'avoir souhaité qu'il meure, pas de l'avoir tué. D'ailleurs je peux t'assurer que le danger s'éloigne. Il ira mieux dans l'après-midi et que tu révèles ou non le secret de la montre n'aurait été d'aucune aide dans sa guérison.

– La montre justement, monsieur Oui-Non, je crains que ses pouvoirs magiques ne soient trop dangereux. Je m'inquiète et la soupçonne de réaliser mes pensées. Je me demande si je n'aurais pas par distraction rêvé de Bout-de-Chou dans son lit, malade à en crever. Je crois que j'en ai déjà trop dit.

– Parle franchement. Entre nous le secret n'existe pas. J'ignore si la montre a des pouvoirs magiques. Je ne l'ai jamais su même si j'ai l'intuition qu'elle joue les intermédiaires entre l'enfant que tu es et l'adulte que je suis devenu. Elle est un pont entre deux rives, deux mondes, deux époques. Ses aiguilles parfaitement opposées indiquent l'une le levant, l'autre le couchant, l'ascension et le déclin. J'ai suivi la direction vers les origines et j'ai atteint l'enfance. J'ignore si le chemin en contresens me permettra de retraverser les âges.

– Quel charabia ! Que vient faire le pont là-dedans, monsieur Oui-Non ? Tu m'embrouilles. On ne parle pas de la même montre. La mienne donnerait l'heure si elle n'était cassée, pas les points cardinaux. Prêcheriez-vous le faux pour me tirer les vers du nez ? »

La mère tend l'oreille vers la chambre. Elle croit entendre la voix de la guérisseuse mais n'arrive pas à discerner si elle s'adresse à Bout-de-Chou, si elle prie, si elle chante. Elle jette un coup d'œil à Grand-Mère pour s'assurer qu'elle-aussi a perçu des bruits de l'autre côté de la cloison. Elle fait signe que oui.

« Nuche, arrête de marmonner sous la table, j'essaie d'écouter. »

Le visage de la guérisseuse est marqué par la fatigue comme après une longue nuit sans sommeil. Partie tôt de chez elle au matin quand le Père est allé lui demander secours, elle n'a pas pris le temps de se coiffer et elle semble plus vraie qu'une sorcière avec ses cheveux ébouriffés. Vieillie et sans maquillage à cause de la précipitation, des traits noirs creusent ses yeux, ses joues. Sa lourde poitrine entrebâille les pans de sa veste cintrée reboutonnée à la va-vite. Quand elle apparaît par la porte de la chambre, la Mère et Grand-Mère ne respirent plus. Sous la table Nuche comprend que l'instant est grave. Ses oreilles bourdonnent. Ses yeux sont à la hauteur du carrelage. Les pieds aux orteils vernis de la guérisseuse s'avancent vers lui. Deux mules roses à pois blancs s'arrêtent à portée de ses doigts. Il est tenté de tirer les brides lacées de chaussures échappées d'un conte de fées.

Dans la cuisine, la conversation des femmes met fin au silence oppressant de la matinée. Les nerfs lâchent. A l'intonation de la Mère qui sanglote maintenant, Nuche comprend l'essentiel sans saisir les dernières paroles de la guérisseuse. Il les répète sans succès. Elle y a saigné son âme. Elle ne pourra pas le revoir de sitôt. Les mules roses à pois blancs pivotent vers la porte d'entrée et s'éloignent.

Il est tard. L'heure du déjeuner est-elle passée ? Il n'a pas faim comme si la vie s'était arrêtée toute la matinée. La montre, pense-t-il, encore une de ses facéties. Faut croire que si.

Tandis que la femme du mécano-vapeur longe le trottoir pour rejoindre sa maison à l'extrémité du quartier cheminot, je remarque les regards étonnés et amusés des ouvriers du chantier qui ont repris le travail après la pose de midi. Cette femme est une apparition surréaliste dans un décor de coffrages, de ferrailles et de tranchées d'où dépassent les casques des hommes. Elle marche, salue et sourit comme aucune autre femme de cheminot n'oserait s'y aventurer sans donner dans la provocation. On lui répond de même avec la considération aimable qu'on réserve à une enfant ou une princesse.

La scène que j'ai sous les yeux se superpose à une autre qui remonte dans le futur à l'époque où j'hésitais encore à traverser les âges jusqu'à l'enfance pour revivre ce moment où Nuche se lance dans l'épreuve du pont. Un demi-siècle sépare les deux scènes.

La place de la gare est métamorphosée. La tour moderne où logeait Yssanchou est démolie, remplacée par des hôtels aux façades de verres teintés qui font écho à l'immense verrière de la nouvelle gare TGV. Le goudron des parkings a englouti la rue où s'alignaient les maisons des cheminots. Les potagers qui donnaient sur les voies ferrées y ont disparu aussi. C'est là, dans cet environnement méconnaissable comparé au souvenir que j'avais gardé de notre quartier, c'est là, alors que me revenaient en mémoire les voix des filles de la Polonaise, de Mouche, de Gusse, que j'ai revu la guérisseuse.

Une ribambelle de mômes l'accompagnait dans son errance. La femme du mécano-vapeur vivait seule depuis déjà longtemps, divorcée et relogée par l'aide sociale dans un appartement de la cité Espérance. Son amour du prochain, elle l'avait exercé avec trop de conviction. Personne ne lui reprochait de vouloir sauver l'humanité et ses attouchements miraculeux soignaient au-delà du voisinage. Son cheminot de mari avait patienté dans l'intérêt des boiteux et migraineux avant de craquer quand les délires mystiques de sa femme avaient attiré chez eux une foule de pèlerins plus éclopés les uns que les autres.

Je l'observais sans savoir si ce qu'elle était devenue m'attristait. Elle avançait en prêtresse au cœur d'une troupe de mômes rieurs et sans malice qui lui demandaient de guérir des genoux écorchés, de soulager un mal de ventre, d'arracher une dent de lait. Elle ne se lassait pas. Épanouie, sorte de vieille fée ambulante, elle dispensait ses recettes plus poétiques que magiques. Ses jeunes disciples peu tatillons sur les résultats, en feignant de la croire, prolongeaient sa gloire. Autour d'elle, pas un gamin ne s'esclaffait quand l'un deux lui demandait de multiplier les carrés de chocolat du goûter. Elle ratait ses tours. Qu'importe, son seul véritable pouvoir venait de l'amour qu'elle multipliait à profusion sans exiger un quelconque remerciement. Elle engendrait tellement d'amour qu'il fallait beaucoup d'innocence pour en jouir.

En songeant à la guérisseuse vieillie qui poursuivait encore et en dépit des quolibets sa mission désintéressée de générosité, il m'est apparu que la femme du mécano vapeur qui habitait notre quartier cheminot avait su répondre à l'interrogation qui m'a conduit à traverser les âges. Quel adulte serait devenu le drôle que j'étais s'il n'avait pas raté l'épreuve de la carabine ? Bien qu'ignorant tout de la petite fille qu'elle avait été, je suis persuadé aujourd'hui qu'elle a tenu les promesses de son enfance.

Je l'envie. Je cherche encore en moi ce qu'il me reste de Nuche cinquante années plus tard et je ne suis pas sûr que la réponse soit dans le passé.

Deuxième tentative

« Je doute, Nuche, que tu choisisses le trajet le plus simple pour aller jusqu'au pont. Je te conseille de ne pas t'écarter du chemin entre les voies ferrées et les potagers. Méfie-toi des locos, de leurs projecteurs surtout qu'ils ne t'éblouissent et ne t'égarent. »

Le Père m'avait accompagné jusqu'au seuil de notre cuisine sur la première marche de l'escalier.

« Je ne tire pas les volets. J'attends ton retour pour me coucher. Sois courageux, Nuche, et quand tu seras sur le dos du pont, souviens-toi d'ouvrir bien grand tes yeux. »

La porte-fenêtre refermée, je restais un moment à observer le fin brouillard qui mouillait la nuit et la lune. Les jambes musclées du pont n'étaient pas celles d'un monstre prêt à me poursuivre dès qu'il me sentirait approcher. Ses jambes de béton et ferraille, pesantes et immobiles, ne risquaient pas de se mettre à mes trousses. Au contraire il m'appartenait de leur courir après et pour l'instant je n'avais pas descendu une seule marche vers notre potager.

Le pont n'était pas si loin ni si impressionnant. Sa silhouette brouillée par la brume avait quelque chose d'irréel pourtant, presque fantomatique. Qu'y aurait-il donc à voir de là-haut si je parvenais à lui grimper sur le dos ? J'avais choisi le mauvais soir pour tenter l'épreuve. Je m'étais préparé à affronter la nuit, elle était à peine noire. J'avais prévu d'utiliser mes yeux de chat pour m'enfoncer dans l'obscurité, pas de franchir ce rideau vaporeux de gouttelettes en suspension que les feux du poste d'aiguillage allumaient comme autant d'étoiles microscopiques.

Plume m'attendait au bas de l'escalier dans son costume de nuit. Ses poils gonflés se confondaient avec la grisaille de la pénombre. En bonne voleuse qu'elle était, ses pattes s'étaient chaussées de velours silencieux. En bonne tueuse qu'elle était, ses serres de Griffon s'affûtaient d'impatience sur le ciment. Ses yeux seuls révélaient sa présence. Leur intensité lumineuse éclairait les marches avec la puissance d'un rayon vert fusant d'une torche qui aurait activé mes jambes malgré moi. Plume n'avait pas jugé utile de m'accompagner sous l'escalier où je cachais la montre que Gusse avait volée. Dans l'obscurité, j'avais cru ne jamais parvenir à m'en saisir. Par chance ses aiguilles phosphorescentes m'avaient fait signe.

Qu'était-il advenu ensuite ? Comment j'avais réussi à me sortir du nid où je me m'étais blotti, guettant le retour du courage qui m'avait laissé tomber et ne se pressait pas de pointer son museau ? Bien des choses m'échappaient de mon activité réelle et il m'arrivait pourtant des rencontres et des événements que même en rêve je n'aurais su inventer.

Pour me rendre à l'école où au patronage cheminot je n'empruntais jamais au bout de notre jardin le remblai de caillasses qui longe les voies ferrées. Je passais par la rue sans hésiter où j'y rejoignais Yssanchou et les filles de la Polonaise. Le chemin sur l'arrière de chez nous me reliait à Mouche et à Gusse, disons qu'il était privé. Ni vu, ni connu, là s'étendaient les coulisses de nos jeux sur le versant imaginaire de l'enfance à l'opposé du monde réel des adultes.

L'idée m'était venue de remonter jusqu'au pont en suivant le fil de ce chemin de nos contrebandes où les semaines n'avaient pas encore balayé les présences de Mouche et de Gusse. Qu'ils m'accompagnent me semblait une aide pour venir à bout de mon épreuve.

« Où traînez-vous tous les trois par ce temps ? »

Je sursautais. Le ton était autoritaire. Croyant entendre la voix du Père-Nuno, je refermais aussitôt ma main sur la montre volée.

« Je vous ai fait peur les mômes ? Mille excuses. Je voulais éprouver le courage de votre expédition.

— Monsieur Oui-Non, c'est toi ? À qui parles-tu ? Je suis seul avec Plume et je n'ai pas du tout besoin que tu doutes de mon courage à réussir.

— N'est-ce pas Mouche qui te tient la main ? N'est-ce pas Gusse qui vous ouvre le chemin ?

— Tu les inventes pour te moquer. Tu penses que je ne suis pas capable de me débrouiller seul. Et même s'ils m'accompagnaient, moi seul pourrais les voir et les entendre. Toi, tu n'es pas moi.

— Faut croire que si. Mais passons, le sujet n'est là et ce serait trop long à t'expliquer. »

Le potager du Père avait grandi avec la tombée de la nuit. Des troncs verdâtres et noueux se dressaient devant moi, alignés comme les soldats d'une armée au garde-à-vous attendant l'ordre de se mettre en marche. Était-ce moi qui les commandais ? Ils avaient des oreilles hostiles et des mâchoires effrayantes. Par chance un énorme casque ridicule en forme de chou les coiffait à en pouffer de rire. Quelques feuilles rebelles frisottaient en désordre et leur donnaient mauvaise allure. On aurait cru une armée échevelée après la bataille. Mais quelle bataille cette armée avait-elle livrée et où avaient donc fui les ennemis ?

La peur ne vient jamais d'où on la craint. Les choux géants de mon Père ne m'inquiétaient nullement. S'ils tenaient tant à m'escorter jusqu'au pont, quel garçon sans cervelle j'aurais fait de repousser leur offre de service. Je t'entends Mouche, faudrait pas croire tout et son contraire. Bien d'accord, il ne faudrait pas mais je t'assure que l'endroit n'est pas l'enfer et l'envers n'est pas de bois non plus. Reconnais toi-même que cet endroit-là ne respecte aucune des lois connues de l'univers ou méconnues de l'enfer.

L'imagination a ses limites. Au-delà de son territoire où elle a ses manies, elle dépasse les bornes et divague et délire. Elle m'invente une épouvante qui me coupe net toute envie d'en rire.

Une chenille grise à pois jaunes de la taille d'une locomotive accrochée de sept ou huit wagons articulés et peints avec les mêmes pinceaux fantaisistes, fonçait sur moi en tortillant du popotin. Pas la moindre fumée ne sortait de sa cheminée. Pas le moindre rail ne traçait sa trajectoire. Roues d'acier inexistantes. Sous son ventre des griffes noires se gonflaient, s'arrondissaient, se cambraient, s'étiraient, se repliaient en accordéon. Sur son passage, la gueule de la larve déchiquetait feuilles et rameaux dont elle se goinfrait en bavant sans interrompre sa progression ni ses contorsions.

La frousse me crée d'étranges réactions. Comme je portais en guise de boussole la montre aux aiguilles phosphorescentes, je redoutais d'être de la couleur des feuilles qu'elle dévorait. Sottise et n'importe quoi, bien sûr ! Comme si la chenille avait pu me confondre avec un chou.

En traversant le potager du Père j'avais probablement rapetissé et je constatais que Plume avait subi un sort identique dans les mêmes proportions ce qui par chance ne modifiait pas nos tailles réciproques.

Quelle leçon d'humilité m'était ainsi infligée pour me rabaisser à la hauteur des choux et m'abandonner à la merci d'une larve à l'instinct vengeur ? J'entendais la morale de l'histoire sans m'en offusquer.

L'heure n'était pas propice à la vexation. L'action s'imposait. J'avançais d'un pas volontaire dans la direction du pont que, compte tenu de mon nouveau gabarit, je ne distinguais plus. Il fallait me rendre à l'évidence de la relativité. Je m'étais donc résolu à remonter à l'aveuglette un sentier bourbeux que je supposais n'être qu'une allée de terre entre deux rangées de choux. Une grille géante barrait ma route.

Le Père avait planté sa bêche profondément dans le guéret. Inutile d'imaginer la soulever ou la déplacer. Impossible d'envisager une déviation, les troncs verdâtres et noueux avaient gonflé avec l'humidité de la brume et formaient maintenant une clôture infranchissable. Plume s'était étirée tant et plus qu'elle avait réussir à coulisser entre les pics de la fourche sans y perdre trop de poils.

Décidément il me restait beaucoup à apprendre des chats et pas seulement à percer la nuit de mes yeux. Mais l'heure n'était pas à l'apprentissage des techniques de l'élongation. Réveillant d'obscures et lointaines sensations, le passage de la tête entre les lames de métal forgé m'avait oppressé. Je crus bien y perdre une oreille ou les deux. M'attendait pourtant la pire appréhension, le moment crucial où il me fallait extraire mon oiseau d'entre les lames de la cisaille géante. Mon ventre s'était entortillé à m'en tirer des larmes. J'avais craint d'y perdre le peu de virilité que j'avais gagnée ces dernières semaines.

De rien on fait tout un monde. On se fait un monde pour rien. Parvenue de l'autre côté de la bêche du Père je me redressais, me frottais la peau éraflée et fripée par mes contorsions à travers la grille si étroite. Je me retournais, stupéfait d'avoir su me faire aussi petit. Le spectacle que j'avais sous les yeux était autant banal qu'incompréhensible. Je dépassais maintenant d'une tête le manche de l'outil fiché dans la terre entre les rangées de choux qui ne m'arrivaient guère plus haut que les genoux. Plume s'impatientait de me voir regarder en arrière au lieu d'avancer vers le pont. Elle ne semblait pas s'apercevoir des bizarreries de notre chemin, raison qui à mon avis justifiait son héroïsme à aller de l'avant alors que le courage me manquait. Ma trouille pourtant n'expliquait pas tout.

J'emboîtais les pas de Plume dont le regard m'éclairait à la façon d'une torche. Difficile pourtant de prétendre que j'étais arrivé à la hauteur du jardin des Lecoq. Un jardin que d'ailleurs, et sans intention de leur jeter la pierre, ils ne cultivaient pas. Les friches auraient remonté le ballast et envahi les rails si les cheminots n'avaient fauché cette broussaille de ronces.

D'entre les herbes folles j'avais aperçu Grand-Père qui les écartait avec un bâton. J'avais reconnu Grand-Mère et l'avait appelée.

« As-tu besoin d'aide, pauvre enfant perdu ? »

Elle parlait avec les intonations d'une petite fille, la voix de Mouche.

« Qui s'aventure dans cette forêt en pleine nuit ?

— C'est moi, Nuche. Tu me reconnais, Grand-Père ?

— Quel Nuche et je ne suis pas Grand-Père. »

La voix de l'homme était celle de Gusse.

« Tu ferais mieux de rentrer chez toi. On dit que des loups rôdent dans ces bois. Ils n'osent pas nous attaquer parce qu'ils se méfient de mon bâton. Mais toi, enfant imprudent, où est ton bâton ?

— Je veux bien entendre qu'il existe des loups dans les forêts mais c'est un jardin ici, le jardin des Lecoq.

— Quelle caboche, petit mulet. Je t'ai prévenu. Une trique d'acacia vaut mieux qu'une carabine après laquelle d'ailleurs tu cours toujours.

— Pourquoi parles-tu avec la voix de Gusse ?

— Pour que tu m'écoutes plus attentivement quand je te donne des conseils. Là-haut vois-tu, n'étant plus personne, je suis qui je veux. L'âge n'importe plus. Le temps n'a aucun sens. Il marche aussi bien à l'endroit qu'à l'envers.

— Je comprends mais Grand-Mère n'est pas encore là-haut. Pourquoi elle imite Mouche ?

— Pour t'aider, Nuche, si tu acceptais son aide.

— Drôle d'aide en vérité. Vous m'avez fait peur tous les deux. Mouche me tenait la main avant que vous ne sortiez des friches avec vos histoires de loups et de bâton. Devant nous, Gusse marchait de front avec Plume. Vous les avez fait fuir et vous dîtes m'aider ! »

Grand-père avait tourné le dos sans me dire au revoir aussi brusquement que lorsqu'il avait rejoint les anges au ciel. Grand-Mère accrochée à son bras, ils s'étaient éclipsés derrière le rideau des herbes géantes, deux mômes complices sautillant et dansant. J'entendais Gusse et Mouche chahuter et rire.

Mes yeux de chat n'étaient pas si efficaces dans l'obscurité. Pour dire la vérité je voyais beaucoup plus flou qu'à l'ordinaire et le voile de brume n'y était pour rien. À plusieurs reprises j'avais fixé les aiguilles phosphorescentes de la montre volée pour en absorber la lueur verte avec la prétention de transformer mon regard en phare capable d'éclairer mes pas. Le résultat était insignifiant. Je restais ébloui quelques instants et aussitôt le paysage gris devant moi se colorait grossièrement de teintes bleutées salies de jaune pisseux. Je me figeais sur place, n'osant plus ni avancer ni reculer. Gusse n'aurait pas fait mieux que moi et je ne parle pas de Mouche. Je me rappelais qu'ils étaient partis tous les deux, le même jour qui plus est, comme s'ils s'étaient donnés le mot pour m'abandonner à mon sort.

Par chance il me restait Plume pour m'accompagner. Elle me prenait sous son aile, sans rire, sous son aile. Elle m'emportait à califourchon sur son dos tandis que, calé dans la fourrure de ses poils, je pilotais notre vol au-dessus des rails en direction du pont. Lorsqu'on traversait les jets chauds de fumée des locos-vapeurs, je me bouchais le nez. Trop enchanté contre son corps rassurant je m'assoupissais et j'en oubliais le pont et la carabine.

Je dormais sans doute lorsqu'un cri perçant de monstre de fer suivi d'un éclair de lumière venant des voies ferrées m'avait désarçonné. J'avais perdu l'équilibre si vite que je n'avais pas eu le réflexe de m'accrocher au cou de Plume. Projeté à travers les mailles fines du filet de brume qui ralentissait ma dégringolade vers le sol, j'avais achevé ma chute sur les cuisses de la Reine de Lune.

Assise dans l'escalier de béton qui donnait sur son jardin, la Polonaise tenait une cigarette. De ses lèvres arrondies s'échappaient des serpentins de fumée.

Sous l'émotion de mon brusque retour à la réalité, mes bras ceinturaient sa taille. Je retenais des larmes que la frayeur d'avoir senti le froid de la mort justifiait au moins autant que la consolation de l'étreindre.

Je ne rêvais pas, je le jure. Comment à mon âge aurais-je toléré d'être ainsi dorloté, recroquevillé contre son ventre tel un marmot suçant son pouce ? Comment aurais-je accepté ses doigts ourlant mes oreilles alors que je repoussais les innocentes caresses de la Mère et de Grand-Mère ? Comment, encore vierge des choses du cœur, aurais-je su inventer l'afflux de sang qui m'enflammait les joues ?

« Bonsoir jeune chaton aux yeux verts qui ronronne sur mes genoux. Te voilà donc de nouveau dans mon quartier. As-tu perdu ta maman pour que ton cœur batte aussi vite ? Laisse-moi réfléchir. J'y suis. Avais-tu la prétention de voler de tes propres ailes ? Voilà ce qui arrive aux minets à peine moustachus qui se figurent assez grands pour s'aventurer seuls la nuit. Raconte-moi quelle terreur épouvantable te poursuit jusque chez moi pour que tu trembles autant, chaton aux crocs de lait ?

— Je ne suis pas un chat.

— Alors pourquoi tes pupilles brillent-elles ? Comment expliques-tu le velours félin de tes oreilles ? Et ne me dis pas que tu n'aimes pas que je les caresse, tu ronronnes plus fort qu'une chaudière de loco-vapeur. Seuls les chats ronronnent, au contraire des hommes qui ronflent. Et cela fait une bien différente musique, crois-moi. Qui es-tu si tu n'es un matou ?

— Vous faites semblant. Je suis Nuche et je vous reconnais même en pantalon sans votre robe de Reine de Lune et même en espadrille sans vos bottines rouges. Nulle femme du voisinage ne porte votre parfum inconnu sur notre planète. Nulle autre voix que la vôtre n'a cet accent qui frissonne à mes oreilles.

— Où diable as-tu appris à flatter l'amour-propre des princesses ? Qu'est-il arrivé à Nuche, le môme qui rêvait de carabine hier encore ? Pauvre chou devenu poète, penses-tu troubler la mère pour conquérir ma fille, Doll ? Je crains que l'épreuve ne soit plus périlleuse que gagner la carabine dont tu rêves. En rêves-tu toujours ?

— Plus que jamais et je lui ai trouvé un nom.

- Un nom pour la carabine ? Est-ce Doll ?

— C'est joli Doll pour une carabine, non ?

— Très joli. Si j'étais un garçon, je l'appellerais Doll moi aussi. Mais à choisir je préférerais tenir la main de Doll que la gâchette d'une carabine, même si elle s'appelait Doll. Pas toi ?

— Vous n'aimez pas les carabines, c'est plus facile.

— Plus facile ? Restons-en là, je suis déjà en retard. Seras-tu là à m'attendre le temps de revêtir mes habits de Reine de Lune ? Je vais passer ma panoplie de poupée pour de grands enfants qui jouent avec moi.

— Vous sauriez vous métamorphoser en petite fille ?

— Ne dis pas des bêtises, le temps ne se remonte jamais vraiment. On fait semblant. Il arrive parfois que l'illusion soit plus vraie que la réalité vraie.

— Tant mieux. Je ne voudrais pas revenir en arrière. J'ai hâte de grandir, pas de revivre mes peines. »

Plume était jalouse de la Reine de Lune. Son attitude ne laissait aucun doute. Ses reproches muets m'accablaient plus que si elle avait été douée de la parole. Elle m'en voulait de me détourner si facilement de la mission pour laquelle je l'avais suppliée de m'accompagner. À son avis, la Reine de Lune exerçait une bien mauvaise influence sur moi. Comment pouvais-je être aveugle au point de ne pas voir qu'elle m'embobinait pour que je renonce à grimper sur le tablier du pont ? Cette fausse princesse, critiquait-elle, se déguisait en poupée, quelle idée ! Et en ours en peluche y songeait-elle ? Plume était sûre qu'elle ne manigançait que pour m'amener à oublier la carabine.

Plume manifestait presque du mépris pour ma faiblesse. Le peu de courage et d'audace que je mobilisais péniblement pour parvenir à me mettre en chemin fondait en mièvrerie dès que la

Reine de Lune me considérait. J'en convenais. Quelques caresses sur mes oreilles en feuilles de choux suffisaient à m'amadouer. Aucun chat, et Plume encore moins, ne se serait abaissé à de telles cajoleries sans garder l'esprit en éveil, les sens en vigie, prêt à déguerpir aux premiers symptômes de domestication. Aucun chat, et Plume encore moins, n'aurait courbé l'échine pour jouir des faveurs d'une maîtresse, reine ou princesse.

Je n'avais pas le caractère déterminé de Plume. À peine si j'avais réussi à discerner des ombres dans la nuit avec mes faux yeux de chat. Assise sur le rail luisant au sommet du ballast, Plume m'observait. Je la décevais. Inutile de lui dire que je renonçais à poursuivre mon chemin en bordure des voies ferrées.

Le pont n'était pas si loin ni si effrayant. La brume l'enveloppait d'une cape de dentelle transparente au travers de laquelle la silhouette des rambardes du tablier avait forme humaine, dessinant des bras grand ouverts à mon intention. Il m'aurait suffi de me précipiter m'y blottir. Au lieu de m'empresser vers la carabine qui m'attendait quelque part sur le pont dès que j'aurais mis les deux pieds sur son dos, je marchais à reculons vers chez nous où le Père me demanderait ce que j'avais vu de là-haut avant d'ajouter : « La prochaine fois sera la bonne. J'ai confiance. »

Ranger la montre volée sous l'escalier n'était pas plus compliqué que me réveiller d'un rêve inachevé après une nuit de sommeil. Je m'efforçais la plupart du temps de terminer mon rêve avant de sortir du lit. Paupières fermées, j'immobilisais la dernière scène avant qu'elle ne s'efface. J'y arrivais mais avec quel piètre résultat d'aussi mauvaise qualité que nos photos minuscules prises avec notre Brownie. Dans un flou de couleurs grisées, j'obtenais l'arrêt sur image, un arrêt qui s'éternisait. Le film bloqué refusait de se relancer là où j'avais suspendu l'action. J'enrageais de ne jamais en connaître la fin.

Que ce m'était difficile d'aller frapper aux carreaux de la porte vitrée, assez fort pour qu'on m'entende et qu'on m'ouvre. Que m'éprouvait de remonter une à une les marches. J'en repoussais l'instant.

« Alors tes yeux de chat pour t'orienter dans la nuit, c'était comment ?

— Excellent ! Tu devrais le savoir. A t'écouter, monsieur Oui-Non, tu connais tout mieux que moi de mes gestes et de mes pensées comme si tu avais vécu ma vie avant moi.

— La brume n'arrange pas ton humeur, Nuche. A en juger par ta riposte querelleuse, je suppose que ton trajet s'est passé sans encombre. Je présume que ton chemin s'est ouvert complaisamment devant toi. Pas de contretemps donc. Aucune mauvaise rencontre. Bien au contraire et je me doute que comme la dernière fois, Plume t'a emporté sur ses ailes de Griffon jusqu'au belvédère où tu as pu scruter le panorama sur 360°. Mais alors, le drôle, qu'attends-tu pour frapper à la vitre et chuchoter à l'oreille du Père la solution de l'énigme ? Laisse-moi deviner. J'y suis. Je comprends. Tu retardes l'explosion de ta joie. Tu retiens ton plaisir. Tu jouis de ta victoire mentalement. Tu suspends ton bonheur d'avoir réussi.

— Du moins toi, tu ne caches pas le tien de te payer ma tête. On dirait qu'il te réjouit plus de m'humilier que de m'encourager. Encore un effort et comme le Père-Nuno tu brandiras le ceinturon. Par chance, tu n'es pas mon Père. Comme Père, je te refuserais.

— Es-tu assez naïf ou orgueilleux pour penser que tu as choisi ton père ?

— Le Père m'a choisi. Grand-mère me l'a dit. Lui, il m'écouterait sans se moquer si je lui racontais qu'il s'en est fallu d'un cheveu que je réussisse.

— Un cheveu dis-tu ? Ce doit être le cheveu sur ta langue qui ment, Nuche.

— En tout cas quand je suis arrivé à la première pile du pont, je ne t'ai pas aperçu dans les parages. Dommage, ta présence m'aurait rassuré. Mais non, pas de monsieur Oui-Non, j'étais seul avec Plume quand la nuit refroidie par l'humidité du brouillard nous a convaincus que du haut du pont, la visibilité ne dépasserait pas dix mètres.

- Je ne me souvenais pas avoir autant menti quand j'avais ton âge.

– Tu n'es jamais sûr de rien et c'est toi qui me donne des leçons de vérité, monsieur Oui-Non ? »

Sur le dos du pont

En vérité, mentir me plaisait. Élevé dès le biberon dans le mensonge, j'avais beaucoup appris des menteurs de mon entourage. Cela dit sans l'ombre d'un reproche. N'étant instruit d'aucune autre éducation, je m'appliquais sans restriction à pratiquer les principes familiaux et n'y voyais pas raison d'en rougir. Le pli était pris et mon cœur aurait battu à contretemps à l'idée de perdre ma prédisposition à enjoliver la banalité de mon enfance, à inventer l'envers, à corriger mes ratés en victoires.

Monsieur Oui-Non s'invitait dans mes pensées pour combattre mon éducation. Il cherchait à m'influencer jusqu'à me convaincre que je ne grandirais jamais si je n'affrontais pas la réalité à pleines dents. Sauter d'une vérité à l'autre pour traverser l'existence à gué, voilà ce qu'il appelait grandir d'après son expérience de la vie. Quelle tristesse démoralisante si je n'avais eu le mensonge pour résister !

A sa façon Mouche aussi critiquait mon éducation. Avant notre séparation elle m'avait averti. Pauvre niquedouille !

D'accord, Mouche, je t'entends mais imaginer n'est pas de l'enfantillage.

Me mentir m'ouvrait le monde des illusions que je confondais plus ou moins avec un monde de libertés. Gusse était-il libre ? Il se mentait pour ignorer la douleur du ceinturon quand le Père-Nuno le fouettait. Gusse était-il libre ? Il s'inventait une carapace pour se protéger des coups de la brute au visage violacé. Faut croire que si. Gusse était libre. Il inversait les apparences. Il dominait son père.

En vérité, mentir me plaisait. D'autres vies se tenaient ainsi à ma disposition où je soignais les bleus de mes vexations et les bosses de mes prétentions bafouées. En me rêvant un autre enfant dans un ailleurs emprunté au mensonge, je calmais mes souffrances. J'allais dire comme Gusse, toutes proportions gardées cependant compte tenu de ce qu'il endurait, ce qui n'était pas mon cas. Il ne survivait qu'en se figurant qu'un univers indulgent existait. Quel monde imaginaire cicatrisait son dos, ses fesses et pommadait ses cuisses meurtries par la violence des raclées ?

Je rentrais du patronage avec Julie et Yssanchou. Je leur racontais comment j'avais avancé dans la nuit et dans la brume avec la facilité d'un chat. Je leur expliquais le pouvoir magique des aiguilles de la montre volée, comment mes yeux éclairaient mon chemin autant qu'une torche. Julie me questionnait sur la carabine. « Si je comprends bien tu n'as toujours pas réussi à la gagner. » Elle se moquait et le timbre de sa voix était celui de la Reine de Lune. La superposition du réel et de l'imaginaire m'agaçait. Je refusais d'accepter Julie comme sa fille, encore moins la Reine de Lune comme sa mère.

Comme on passait sous la première arche du pont, deux voyous à blousons et bottes cloutés buvaient à la bouteille, l'un appuyé contre le réservoir de la moto, l'autre lui tournant le dos, surveillant un couple de leur bande qui s'embrassait. La fille, blonde et rondelette, avait la silhouette de Doll.

J'avais quitté là Yssanchou et Julie sous prétexte de tester un raccourci pour grimper sur le pont. J'avais contourné le remblai pour me cacher dans les hautes herbes et les ronces.

Doll n'allait plus au patronage, voilà pour la vérité.

Je n'étais nullement jaloux de ses nouvelles fréquentations. Voilà pour le mensonge que je m'efforçais de croire.

J'aurais pu rester à observer comment leurs bouches se goinfraient de baisers, comment leurs corps se frottaient, comment leurs bras et leurs mains s'attiraient. J'aurais assisté au spectacle obscène du désir si je n'avais reconnu la fille aînée de la Polonaise que j'avais cru séduire quelques semaines plus tôt avec une montre volée, que j'avais cru séduite quand elle m'avait pris la main dans la sienne. Doll avait grandi plus vite que moi et je n'avais toujours pas réussi à grimper sur le dos du pont.

Remontant la pente abrupte du remblai qui menait à l'entrée du pont, penché en avant sur la terre humide consolidée par des blocs de silex, je m'accrochais à la chevelure des hautes herbes et mes doigts les tiraient si fort qu'ils les arrachaient en même temps qu'ils arrachaient ma peine. Se mentir ne guérit de rien mais endort la douleur. Le réveil vient toujours trop tôt.

Je ne grimpais que jusqu'à l'entrée du pont sans m'approcher du rebord surélevé, un passage piéton étroit le long du garde-fou. Je gardais les yeux au niveau de ce minuscule trottoir et je n'arrivais pas à me mettre debout. Était-ce par crainte d'être repéré par un camarade cheminot du Père ? Était-ce la fascination qu'exerçaient les mouvements du couple renversé entre les jambes de béton qui soutenaient le pont ? J'ignorais ce que le Père voulait que je voie de là-haut mais ce n'était certainement pas ce que j'apercevais en contrebas.

Il m'aurait fallu progresser en m'accrochant aux barreaux de la balustrade pour atteindre la bosse que formait le tablier en son milieu. Il s'arrondissait au-dessus des voies expresses, là où les brouillards épais des locos-vapeurs engloutissaient les voitures qui les prenaient de haut, là où les fumées âcres asphyxiaient les curieux de mon espèce.

Me redressant assez pour passer la tête par dessus la rampe de métal, le vertige m'avait étourdi autant que d'être perché au dernier échelon d'une échelle. Sur ma droite à proximité du chantier des H.L.M, je dépassais les ouvriers dans les échafaudages jusqu'à atteindre le niveau de la grue. Au-dessus de ma tête, des nuages noirs couraient vers la gare. J'étais incapable de regarder plus haut ni plus loin à chercher une réponse à l'énigme du Père. L'instabilité de mes pieds accaparait mon attention. S'y ajoutait l'inquiétude de redescendre par le remblai devenu à mes yeux une paroi verticale hostile qui me défiait de faire le premier pas. Les amoureux et leurs chandelles blousonnées de cuir avaient décampé, mis en fuite par une autre bande de la cité probablement.

Face au vide devant moi, j'hésitais à me retourner pour aborder la descente à reculons. Quelle sensation terrifiante de dominer la toiture en terrasse de l'économat ! Miniatures Norev, des camions de livraison stationnaient sur l'arrière du magasin. Deux employés à taille d'enfant chargeaient des cartons minuscules sur un chariot. Dans ce décor de maquette, une femme-jouet embrassait les ouvriers, des cheminots affectés au ravitaillement. La femme-jouet s'éloignait vers le dépôt d'entretien des locomotives. Je la suivais des yeux, impressionné par l'immensité du réseau des rails qu'elle traversait avec assurance, s'arrêtant juste à temps entre le passage des wagons qui dévalaient de la gare de triage chacun vers leur convoi de destination. Il me semblait découvrir pour la première fois la densité d'un paysage crayonné de stries et de hachures où, sillonnant entre les aiguillages, des courbes d'acier filaient à l'infini sur des alignements de traverses.

Le ciel était bas, assombri par des nuages de pluie et par la nuit d'automne qui se montrait particulièrement précoce depuis quelques jours. Je m'étais trop attardé sans avoir découvert un indice de ce que le Père espérait que je voie du haut du pont. Je pressais le pas sans courir. Le temps que j'avais perdu pour rien, j'ignorais comment le justifier quand la Mère me questionnerait en rentrant chez nous. Évidemment je ne pouvais ni expliquer que j'avais surpris la fille aînée de la Polonaise à traîner avec des gars de la cité, ni que je m'exerçais pour l'épreuve de la carabine.

Elle n'aimait pas les manières de Doll, une mijaurée. Quant à la carabine, elle était contre, depuis le début.

Un peu après la maison de la guérisseuse s'étalait le long du trottoir une forme animale répugnante aux poils salis de boue et de sang. Je pensais à un gros rat comme il en sortait parfois des cabanes du chantier. Méconnaissable, c'était un chat qu'une voiture avait culbuté. Il me rappelait Plume le matin où je l'avais découverte dans un cageot au bas de notre escalier où le Père l'avait installée pour la réchauffer au soleil. Le chat rejeté dans le caniveau ne respirait pas. Ses yeux ouverts ne clignaient pas. C'était donc ça, la mort !

Pourquoi n'avais-je pas le courage de prendre cette boule sans vie dans mes mains et de l'enlever de cette saleté humide et froide qui n'était pas un endroit pour un chat ?

Pour rentrer, j'avais fait le tour par notre jardin, regardé sous les marches et avant même qu'on m'interroge sur les raisons de mon retard, j'avais demandé où était Plume. Ma question n'avait pas retenu l'attention. Près du poêle Grand-Mère calmait Bout-de-Chou qui toussait d'une vilaine toux. La Mère tiédissait du lait avec des gouttes de teinture d'iode. La cuisine sentait le camphre, la farine de moutarde et le vinaigre. Le Père activait le feu sous le charbon.

J'avais compris que le lit m'était destiné sans souper. L'instant n'était pas propice pour parler de la mort d'un chat dans le caniveau.

Le sommeil ne venait pas. Je luttais pour effacer de mes pensées l'idée que Plume était mortelle.

Monsieur Oui-Non et l'énigme du pont

Le drôle Feuilles-de-Chou n'avancera plus pour atteindre la partie la plus élevée du pont qui s'arrondit au milieu d'où on domine l'enchevêtrement des voies ferrées depuis la rotonde jusqu'à la gare. Je l'attends sans me faire d'illusions car il ne bougera plus de la rambarde où il s'agrippe pour se mettre debout. Il ne renonce pas pour autant à l'épreuve et sa ténacité me surprend. Il vient sur les lieux mêmes se préparer à découvrir la solution de l'énigme que pour ma part j'ignore à ce jour.

En l'attendant, je profite de ma situation en surplomb du quartier cheminot pour examiner les environs avec le recul de mon expérience d'adulte. Aucun indice notable à repérer dans l'alignement des maisons. Dans les jardins hérissés de tuteurs en bois, des pieds de tomate non arrachés pourrissent. Quelques potagers résistent aux couleurs d'automne, verdis par des rangées de choux pommés et de poireaux. Dans quelle direction porter mon attention pour découvrir enfin ce que le Père exigeait que je voie en échange de la carabine promise ?

J'ai vieilli toutes ces années en portant le fardeau de cette question dérisoire et obsédante à la fois dont la réponse m'échappe. La solution est restée en suspens. Suspendue à quoi, à qui ? Pas un seul jour je n'ai osé interroger le Père par peur de le décevoir en me montrant accroché à un tel enfantillage. Depuis le Père est mort. Les sujets qu'on n'aborde pas sur l'instant et qu'on reporte à plus tard prennent de l'importance parce qu'on a gardé le silence.

En franchissant la frontière des âges pour atteindre l'époque où j'étais le drôle Feuilles-de-Chou, j'ai eu la prétention de trouver la réponse. Plus encore que la solution de l'énigme, j'ai eu l'illusion de forcer le destin, d'influencer Nuche, de corriger mon enfance. A l'évidence le môme n'en fait qu'à sa tête. Il m'écoute comme il s'écouterait réfléchir. Au mieux, je l'aide à dialoguer avec lui-même. Au pire, je joue le rôle de sa mauvaise conscience. Ni le drôle Feuilles-de-Chou ni le passé ne se laissent retoucher.

Pour être franc, je suis ingrat et je dois reconnaître qu'à son contact, contact virtuel certes, je comprends mieux quel môme j'étais. Mes souvenirs avaient retenu les échecs là où Nuche me démontre qu'il en fait son affaire, quitte à négocier avec les vexations qu'il éprouve. Il croit mentir alors qu'il s'arrange du présent. Il convoque l'imaginaire pour affronter les obstacles. Chaque jour plus impressionné, je l'observe grandir et j'apprends de son attitude sans trop cerner encore les conséquences et l'étendue de ses leçons.

« Je ne t'entends plus, monsieur Oui-Non. Comment compter sur toi si tu me laisses tomber quand j'ai besoin de parler avec quelqu'un. Ne me dis pas qu'à ma place, tu n'aurais pas escaladé le remblai pour grimper sur le pont. Que si j'ai vu ce que j'ai vu je l'ai bien cherché. Qu'il aurait mieux valu que je rentre avec Julie et Yssanchou. Qu'à cette heure je ne serais pas au lit le ventre vide et la tête gavée de désespoir. Je force mes yeux à tirer le rideau noir, en vain. Des images s'y projettent comme autant de scènes intermittentes crachées par des éclairs. La faim n'y est pour rien. Je ne pourrais pas avaler sans vomir une seule cuillerée de soupe.

Mon ventre n'est pas creux, il est lourd de chagrin, tendu et douloureux, gonflé de larmes ravalées. À quoi me servirait de te supplier, monsieur Oui-Non, si tu n'as rien à me dire ? Tu m'abandonnes au pire moment comme moi j'ai abandonné le chat à son sort dans la bouillasse du caniveau. Ne parlons plus de moi ! Sais-tu où vont les chats morts ? Grand-Père saurait me renseigner s'il acceptait de descendre des nuages. La compagnie des anges lui plait plus que celle de son mulet entêté. Je les envie. Suffit, Nuche, cesse de faire ton nigaud. Grand-Père ne parle pas plus que le chat écrabouillé ne miaule ou ne ronronne. Alors d'où vient sa voix que j'entends parfois aussi distinctement que j'entends la tienne monsieur Oui-Non ? Es-tu mort, toi aussi ? »

Je suis démuni. Les mots me manquent.

Pour la première fois j'éprouve l'étrange sentiment de me comporter en intrus dans ce qui était mon enfance. S'il m'est arrivé de vouloir me mêler de la vie de Nuche avec la tentation de corriger les événements de mon passé qui m'avaient laissé un goût d'échec, aujourd'hui je me retiens d'exprimer le moindre souffle qui trahirait ma présence. Je doute de réussir à influencer le drôle Feuilles-de-Chou comme je l'avais espéré en franchissant la frontière des âges et pour la bonne raison qu'en observant ses gestes et ses réactions, il me semble assister à des événements nouveaux, étrangers aux souvenirs que j'avais conservés de cette époque. J'avais oublié ou voulu oublier l'épisode du chat mort qui l'empêche de s'endormir. Oubliée ou voulu oublier ma tentative de grimper sur le pont en passant par le remblai envahi d'herbes. Je prends conscience que, le moment d'enthousiasme passé d'avoir traversé le temps, j'avance à mains nues dans mon enfance.

« Dommage que tu te défiles, monsieur Oui-Non, j'aurais menti à merveille pour te certifier que si je me cramponnais au garde-corps du pont, ce n'était pas de vertige. Au contraire, de là-haut je dominais notre quartier jusqu'à la gare. Je le survolais comme porté par les ailes de Plume quand elle devient Griffon. Tu te souviens, j'espère, qu'elle m'emporte sur son dos ? Dommage, monsieur Oui-Non, tu ne sauras jamais que ce n'était pas Doll qui embrassait le voyou de la cité. Et qu'importe après tout, je préfère la compagnie de la Reine de Lune, sa mère, qui apprécie mes poésies. Restons-en là puisque tu fais la sourde oreille et d'ailleurs qu'aurais-tu répondu si je t'avais avoué que Bout-de-Chou m'inquiète ? Saurais-tu m'aider à repousser l'image épouvantable où je le vois dans le caniveau, aussi mort que le matou écrabouillé ? »

Le Père soulève le rideau de l'alcôve, se penche sur Nuche, lui tend une tartine de fromage.

« Tu peux t'endormir. Plume est sous l'escalier à se réchauffer. C'est une traînarde comme toi. Je lui ai donné des croûtes de camembert et du pain. »

Plume s'envole

Le froid arrivait plus tôt que prévu. Chez nous la cuisinière à charbon ne suffisait plus. Avec le four entrebâillé on gagnait en chaleur. Le Père avait récupéré un poêle Mirus de petite taille qu'il avait raccordé au conduit de fumée dans l'angle du séjour pour compenser l'air qui s'infiltrait par la porte fenêtre du potager. La chambre restait ouverte et la salle d'eau aussi pour la toilette. Par grand gel je quittais ma planche de travail sur le lavabo pour un coin de table dans la cuisine où Grand-Mère m'observait m'appliquer à mes devoirs scolaires. Le rideau de l'alcôve où je partageais le lit avec elle restait tiré dans la journée. L'humidité pénétrait malgré tout et s'incrustait.

Le docteur avait ausculté Bout-de-Chou deux fois cette semaine-là, ordonné un sirop à la banane pour calmer sa vilaine toux et suggéré d'installer son lit dans la pièce commune pour lui éviter l'atmosphère malsaine de la chambre qui entretenait l'infection.

La Mère avait pris les choses en main et réorganisé l'espace dans la journée. Le Père et la Mère allaient coucher dorénavant dans l'alcôve, rideau entrouvert de jour comme de nuit pour garder un œil sur Bout-de-Chou. Son berceau, accolé à la tête de leur lit, empiétait sur le séjour à égale distance du poêle et de la cuisinière. La chambre qui transpirait de condensation nous était attribuée à Grand-Mère et moi. Notre déménagement s'était limité au transport de la penderie à fermeture Éclair et au voyage de nos chaussures d'un dessous de sommier à l'autre. L'armoire restait à l'usage des parents. Sans être plus au large que dans l'alcôve, j'appréciais de n'être plus coincé contre le mur. Le matelas sans creux et plus grand me tenait éloigné de Grand-Mère.

Si la nouvelle disposition chez nous bénéficiait à la santé de Bout-de-Chou qui ne toussait plus à rendre l'âme, elle exacerbait les difficultés de notre cohabitation. L'espace se rétrécissait d'autant plus qu'on ouvrait les pièces à l'intérieur tandis qu'on tenait la maison close sur l'extérieur. Grand-mère regrettait plus que jamais d'imposer sa présence et laissait entendre qu'elle allait partir à l'hospice où elle ne gênerait plus. Sans le Père qui avait anticipé sa réplique, la Mère l'aurait prise au mot et mise au défi de s'exécuter.

L'agacement de la Mère retombait sur le Père. Comment se débrouillait-t-il pour ne pas obtenir un logement plus grand dans le quartier des ateliers ? Des familles de cheminots moins à l'étroit avaient obtenu gain de cause. Manquait-il d'audace pour convaincre son chef de district ? Elle n'exigeait pas un pavillon, ne lui demandait pas de courber l'échine mais d'expliquer la situation avec deux enfants dont le bébé malade. Oubliait-t-il sa responsabilité quand il avait accepté la paternité de l'aîné ? N'hébergeait-t-il pas sa mère ? Elle le défiait d'aller elle-même se faire entendre s'il ne se décidait pas.

Chez nous à cette époque l'argent rentrait tous les huit du mois, paie, primes de casse-croûte et d'entretien vélo comprises. Il y avait moins riches que nous. A l'entrée dans l'hiver surtout les dépenses augmentaient quand s'imposaient les livraisons de charbon. Le jardin nous ravitaillait en choux, carottes et poireaux, pommes de terre et navets. Le Père ramassait des châtaignes, des noix, des champignons ce qui ne réglait pas les médicaments pour Bout-de-Chou. Par chance, Grand-Mère se nourrissait de trois fois rien et les maladies l'épargnaient.

Le Père que le potager n'occupait plus autant à cette époque de l'année rendait service à des camarades qui le payaient au noir pour des bricoles de faïence à poser autour d'une douche, d'enduits maçonnés dans une buanderie, de cloisons de briques dans un garage. Le travail ne manquait pas. Sa réputation de sérieux pour des prix tirés au cordeau se propageait de bouche-à-oreille. Du lever du jour à la tombée de la nuit, les dimanches n'y auraient pas suffi. Les camarades qui l'employaient étaient des cheminots aisés qui venaient le chercher chez nous en voiture. Le Père partait tôt avec sa caisse à outils, des bleus de travail usagés et sa gamelle pour déjeuner sur le chantier. Il exigeait d'être de retour avant le souper.

C'était à l'heure du souper, juste avant de passer à table, qu'il sortait l'argent de son paletot et le confiait non sans fierté à la Mère. Elle lui laissait des pièces, rarement un billet, pour payer son verre aux camarades quand se discutaient les grèves et l'avenir des chemins de fer au Café des Mécanos.

Pour l'enfant que j'étais ma perception du passé relevait d'une imprécision dont je ne m'étais pas inquiété jusque-là. Je connaissais la suite des mois au calendrier, je pouvais y situer n'importe quelle date sans me tromper, compter le nombre de jours écoulés depuis le départ de Mouche et de Gusse. Sans difficulté. La précision mathématique j'y excellais. Pour autant le sens et l'intelligence des durées m'échappaient.

Ainsi l'époque des promenades jusqu'à la gare avec Grand-Mère et le Père se dissipait-elle dans un lointain approximatif. Combien plus incertains encore et irréels les dimanches quand la Mère me donnait la main, qu'elle s'accrochait au bras du Père qui nous entraînait au-delà du quartier. Depuis, la locomotive et ses wagons restaient au dépôt.

Ce dimanche là, Grand-Mère voulait se rendre à l'église de l'Assomption où officiait ce prêtre ouvrier qu'elle connaissait pour avoir échangé quelques paroles avec lui lors de ses visites à la femme du mécano-vapeur, la guérisseuse qui tutoyait les esprits. La simplicité du bonhomme avait eu raison de ses aprioris sur ce curé sans façon dont la jeunesse enjouée lui semblait mal s'accorder avec la retenue austère de la foi.

« Appelle-moi Christian, ma sœur !»

Christian ! Elle aurait préféré Père Christian ou mon Père. Le prénom ajouté au tutoiement créait entre eux une familiarité qu'elle aurait prise pour un manque de respect venant de tout autre gringalet ne portant pas soutane. A l'habit de bure, Christian préférait le col blanc sous la tenue du travailleur.

« Viens me voir ! »

Christian l'avait conviée à la messe avec autant de désinvolture que s'il l'avait invitée pour le thé.

J'accompagnais Grand-Mère sur injonction de la Mère qui restait chez nous, Bout-de-Chou ayant pour une fois dormi sa nuit complète. Une vieille poule bouillonnait sur le coin de la cuisinière. En fin de matinée la Mère ajouterait les racines et les patates, le chou frisé et les herbes.

« Prenez votre temps, je vais profiter de l'accalmie pour mettre à bouillir les couches et les langes. »

Grand-Mère ressemblait plus à un curé que le Père Christian tant son apparence se déclinait dans les tons de noir. Sur sa robe noire corbeau, elle avait boutonné une veste de laine fumée, plus suie que fumée, qu'elle avait tricotée. Un manteau dans le style cape la couvrait jusqu'aux mains gantées de cuir noir. Bottines noires et bas noirs. Un bonnet de deuil se rabattait sur ses oreilles. Et dans un accord parfait de couleur son regard perçait ses lunettes rondes à monture foncée. Sa canne ne dépareillait pas.

De l'autre main, elle prenait appui sur mon bras. On avançait au ralenti. A chaque croisement on s'arrêtait avant de descendre le trottoir sans précipitation. On remontait celui d'en face avec non moins de précautions. Notre convoi n'était pas brillant et je figurais une locomotive poussive remorquant une vapeur d'avant-guerre bien fatiguée.

L'aller-retour, et encore je ne compte pas la messe, m'avait épuisé autant que Grand-Mère mais pour des raisons opposées. Je n'avais cessé de brider la course de mes pistons alors qu'elle avait déployé ses bielles au-delà de leur puissance. Je devais dépenser l'énergie retenue quand il lui fallait récupérer l'usage de ses articulations malmenées.

Plume n'était pas rentrée hier soir. Depuis la semaine dernière, elle traînait plus tard que jamais. Cependant au moment où le Père attachait les volets du côté voies ferrées, elle se manifestait sous l'escalier pour réclamer des croûtes de fromage, sa friandise avant de dormir chez nous ou ailleurs plus sûrement. Je la soupçonnais de repartir en maraude autour des cabanes de chantier. Le Père ne restait pas en bas des marches à la surveiller. Du moins ces derniers jours, elle rentrait et à mon réveil, elle s'arrangeait pour attendre mes caresses sur le seuil. S'attardait le temps de finir mon bol de lait et s'éclipsait en catimini.

Faudrait pas croire. Plume n'était pas chatte à apprécier le collier. Personnellement, je l'aurais attachée au bout d'une laisse si le Père ne m'avait convaincu du contraire. Attache-là, elle perdra le goût de vivre, elle cessera de se montrer curieuse et ne pointera plus son museau par la fenêtre ! Attache-là, elle craindra la liberté, elle paniquera à l'idée de traverser seule une rue ! Attache-là, elle deviendra peluche inanimée !

Grand-Mère haussait les épaules en suivant notre conversation. Sa voix pointue sifflait et persiflait.

« Veux-tu essayer que je noue deux longueurs de laine à tes chevilles et que je t'attache au pied de table. Le fil n'a pas besoin d'être une chaîne et souviens-toi, mon pauvre matou de Nuche, que la liberté, elle est là-dedans, pas dans la ficelle. »

Ses doigts aussi secs et durs qu'une poignée d'os me martelaient le front.

La Mère se rendait compte que j'avais grandi. Faut croire que si. Il y avait encore peu, elle aurait refusé que je sorte seul un dimanche après-midi.

« Essuie la vaisselle d'abord. Ne t'éloignes pas plus loin que l'école, pas au-delà du patronage. Remonte donc tes chaussettes jusqu'aux genoux ! »

Pour preuve que mon crâne et toutes les parties de mon corps grandissaient, ma casquette ne recouvrait plus mes oreilles et mon cache-nez entortillé à double tour leur servait d'oreiller.

Mon plaisir de liberté dominicale atteignait son apogée à l'instant précis où j'ouvrais notre porte d'entrée et jusqu'au moment où, sur le trottoir, je tirais le portillon derrière moi. Là, après quelques minutes à jouir d'être dehors, libre d'aller dans notre quartier où me portait ma curiosité, j'aurais volontiers fait demi-tour pour m'installer sous l'escalier à imaginer ce qui me plairait d'explorer si je disposais d'un après-midi tout à ma guise. Je n'étais pas dupe de mon penchant à préférer la fiction à la réalité. Je n'en étais pas fier.

En face de chez nous, du côté des barres d'appartements en construction, montaient des filets de fumée de la plupart des cabanes de chantier. Dehors, des ouvriers réunis autour de brasiers collectifs grandioses alimentaient la flamme avec des découpes de coffrage et des saloperies abandonnées sur le terre-plein.

Plume menait une double vie qui la retenait là-bas dans le bidonville de planches et de tôles où elle faisait sa belle et se laissait caresser par des hommes qui ne parlaient pas sa langue et dont elle ne s'effrayait pas. Elle accordait ses faveurs à d'autres et je lui en voulais sans pour autant la repousser quand elle se décidait à revenir vers moi. Je me comportais de même avec Doll. Je lui en voulais et je ne l'aurais pas repoussée si elle avait fait un pas vers moi.

Avec des réflexions de ce genre je m'apercevais que je restais un môme. J'éprouvais des émotions brutes qui manquaient de nuance. Comparer Doll et Plume était stupide. A vrai dire je n'avais d'autres repères que la séparation d'avec Mouche qui n'avait pas choisi de me quitter. Les années passant si elle avait continué d'habiter la maison voisine, m'aurait-elle tourné le dos ? Je n'envisageais qu'une seule réponse à ma question, preuve que je restais un môme. Avec Gusse, la rupture avait été brutale aussi. Il n'avait pas décidé de vivre chez la Mamé-Nuno à la frontière espagnole. Avec les semaines qui nous éloignaient, je me doutais qu'il avait noué d'autres amitiés. Je m'en réjouissais mais ce n'était pas si naturel. Je restais un môme

La fille aînée de la Polonaise s'appuyait contre le guidon d'un scooter sur le trottoir devant chez elle. À cheval sur le siège, un type en blouson la faisait rire en tripotant ses cheveux. Je me disais que la Reine-de-Lune, sa mère, devait dormir pour laisser les voyous de la cité Espérance envahir le quartier cheminot. J'allais dans leur direction les poings serrés sans réfléchir à l'usage que j'en ferais une fois arrivé à leur hauteur. Il s'était tourné vers moi. Je ne le reconnaissais pas comme un de ceux qui m'avaient jeté à terre mais il appartenait à la famille des cancres. J'approchais dangereusement. Nuche ? Avait-il dit mon prénom ou sa bouche avait-elle grimacé un sourire avant de me dire bonjour ? La fille aînée de la Polonaise s'était écartée du type, avait lâché le guidon et s'était avancée m'embrasser.

« Bonjour Doll »

J'étais le plus heureux des drôles à grandes oreilles, incapable de tenir la promesse de l'ignorer et jusqu'à m'abstenir de prononcer son nom.

Plume menait une double vie de l'autre côté de chez nous. La preuve, elle traversait la rue et s'avançait en miaulant. Je ne lui gardais pas rancune. Elle s'entortillait et se frottait contre mes mollets dénudés où j'avais roulé mes chaussettes de laine dont je ne supportais plus le garrot des élastiques. Sans Plume qui maintenant marchait à deux ou trois enjambées devant moi en direction du pont, je n'aurais su quitter Doll et son béguin. J'aurais attendu que ses lèvres m'embrassent une seconde fois.

Le chemin de l'école et celui du patronage empruntaient le même itinéraire jusqu'à la cité Espérance où ils se séparaient. Tous deux passaient entre les jambes du pont qu'il me fallait grimper à la tombée de la nuit pour gagner la carabine. Encore fallait-il décrire au Père ce que j'avais remarqué de là-haut. La queue dressée en étendard Plume m'entraînait vers le lieu de l'épreuve, s'assurant régulièrement que je la suivais. La locomotive c'était-elle et je me laissais tirer comme n'importe quel wagonnet stupide qui se désintéresse de sa destination.

Plume escaladait le talus abrupt menant sur le pont par un raccourci qui évitait la longue boucle de la route. Elle observait ma difficulté à grimper. Que les hommes et leurs petits se montrent maladroits face au moindre obstacle ! Pourvu qu'il ne se retourne pas, les hommes et leurs petits souffrent de vertige dès qu'ils s'élèvent ! Rien ne m'obligeait à lui obéir. Je lui obéissais pourtant et m'appliquais à me montrer habile dans mes gestes. Une attitude servile acquise à l'école qui me dispensait des réprimandes du maître. Plutôt m'accommoder que d'être critiqué.

Plume atteignait le milieu du pont, là où le tablier s'arrondit. Avec plusieurs enjambées de retard, j'allais parvenir à mon tour sur le dos du pont. Des motos et un scooter, sortis de nulle part, se poursuivaient et fonçaient sur nous sans nous voir.

Plume s'était envolée.

Elle volait, Plume. Et le souvenir me revenait de cette chatte que je connaissais à peine qui m'avait sauté au visage pour me soustraire à la gueule noire du vapeur qui allait me dévorer. Plus de peur que de mal. Culbuté sur le trottoir contre le balustre de métal, je m'accrochais aux barreaux, tourneboulé d'avoir cru basculer en contrebas sur les rails.

Plume non plus n'avait pas été projetée par-dessus le pont. Étendue sur la route, je me disais qu'elle devrait monter sur le trottoir reprendre son souffle.

L'un et l'autre côté de la vie

Je suis assis sur la plus haute marche de l'escalier qui donne sur le potager, dos appuyé contre la porte-fenêtre. Le drôle Feuilles-de-Chou remonte l'allée vers le ballast de la plus proche voie ferrée. Plume dans ses bras se fait lourde. Il la serre haut contre sa poitrine et son cœur cogne pour deux. La mort a désarticulé le corps de la chatte sans le raidir encore. Ses poils que le froid de la nuit a gelés ne frissonnent pas. La Mère n'a pas cédé et Plume a couché sous l'escalier dans le cageot sur sa litière de journaux.

Grand-Mère a relevé le col de son manteau noir pour participer au cortège de deuil sans attraper un rhume. Elle est l'ordonnatrice de l'enterrement de Plume, la référence des protocoles d'obsèques, la consolatrice discrète des gros chagrins qui désespèrent de vivre. Elle sait l'importance des rituels qui ne réparent rien mais dont l'absence laisse démuni, nu et soumis au destin comme si on acceptait d'être malmené sans relever la tête. Le drôle Feuilles-de-Chou ne l'a pas suppliée de l'accompagner.

Elle a anticipé quand elle l'a aperçu qui remontait à pas comptés la rue de la gare accablé du poids de sa défunte adorée, indécis sur le sort qu'on réserve à une morte. Grand-Mère a su trouver les gestes et les paroles pour accueillir sa désolation. Tout autre qu'elle, Nuche l'aurait détestée d'être témoin de son malheur. Rien n'expliquait qu'il acceptait son aide Ni le noir de ses vêtements, ni sa vieillesse qui laisserait supposer que Grand-Mère fréquentait l'un et l'autre côté de la vie.

Pour ressusciter Plume, Nuche a cassé sa coquille de môme timide. Je le revois implorer la guérisseuse. Il frappe à sa porte sans demander d'autorisation à quiconque. Il frappe de nouveau avec plus de force, impatient et enragé qu'elle tarde tant à apparaître. Il y a urgence. Chaque minute compte pense-t-il parce qu'il n'accepte pas que la vie puisse s'échapper si vite, sans se retourner, sans dire au revoir, et disparaisse d'un coup, ne laissant place à rien. La femme du mécano-vapeur aurait dû lui proposer d'entrer s'asseoir un moment. Au-dessus du corps inanimé, elle aurait étendu ses mains miraculeuses. Elle aurait prononcé une des formules qui lui valaient sa réputation.

Faudrait pas tout croire des miracles et des formules. Mouche avait raison de l'avertir. Mais dans la situation présente, Nuche aurait préféré croire. Grandir réserve bien des contrariétés, des désillusions.

Le drôle Feuilles-de-Chou s'arrête à quelques pas des premiers rails. Grand-Mère reste en retrait. Sur les cailloux du ballast le corps de Plume est étendu sur un torchon blanc à l'endroit précis où elle avait sauté sur le môme préoccupé pour l'obliger à s'écarter de la locomotive qui arrivait sur lui. Mouche et Gusse étaient partis la veille. Au matin de leur séparation, le Père avait découvert la chatte en piteux état dans la cave. Elle ne s'appelait pas encore Plume. Depuis, la plupart des poteaux des caténaires sont scellés dans la terre et les trous sont rebouchés. Enveloppée d'une pièce de drap usagé où sont découpés les chiffons à vaisselle, Plume est couchée dans la fosse profonde sur un lit de feuillages. Au-dessus, Nuche enchevêtre avec délicatesse des rameaux de bois sec. La cavité est comblée d'herbes, de petits graviers, de terre et refermée de cailloux plus gros.

Plume repose dans sa tombe. Deux mots que vient de lui apprendre Grand-Mère avec imprudence. Ainsi Grand-père n'habite pas là-haut sur les nuages avec les anges. Il repose dans sa tombe.

Il n'a plus goût à regarder voler les coquecigrues.

Trois anneaux de cuivre

Accroupi devant la butte où j'avais enseveli Plume, je me reprochais de l'avoir couverte de terre humide qui la salissait malgré le drap sensé protéger la fourrure de ses poils. Grand-Mère était rentrée. Je n'avais pu la suivre. Elle avait essayé de me parler. Ses paroles, questions et conseils, n'étaient que bruits lointains qui m'échappaient ou que je refusais de comprendre. Je ne pensais qu'à prolonger l'instant où je ressentais encore l'étrange présence de Plume avant qu'elle ne survive plus qu'en mémoire. Mon ventre se nouait de l'abandonner dans son trou. Grand-mère avait réussi à abandonner Grand-Père pour qu'il repose dans sa tombe. Je ne voulais pas que Plume repose. Je tendais l'oreille. Ne miaulait-elle pas, impatiente que je la libère de tout le fatras qui pesait sur elle et l'empêchait de respirer et de voir malgré ses yeux de chat qui savaient percer l'obscurité ?

Nulle envie de parler avec quiconque. Mes doigts ratissaient la butte de terre, s'y enfonçaient, creusaient en surface sans s'aventurer jusqu'à toucher la Mort. Voilà que le cadavre de Plume me soulevait le cœur comme m'avait dégoûté le corps miteux et inanimé du matou aperçu dans le caniveau. Où sont les tombes des chats sans famille ?

« Tu devrais cesser, Nuche, de démolir cette maison que tu as construite de tes mains pour abriter Plume.

— Je n'ai pas le cœur à discuter, monsieur Oui-Non.

— Tu sais bien, Nuche, que ma voix n'est que la tienne qui s'interroge et qui réfléchit. Je suis tantôt le oui, tantôt le non de tes pensées. Qu'importent mes arguments et qu'importent mes conseils, tu auras toujours le dernier mot de nos dialogues.

— Il n'empêche que tu essaies de m'influencer. À chaque fois que tu te mêles à mes réflexions tu veux me faire changer d'avis, reconnais-le.

— Je reconnais surtout que je n'y arrive pas. Au début de nos rencontres, tu te montrais plus attentif à mes suggestions. J'étais persuadé de mieux inspirer tes décisions. Depuis, beaucoup d'événements ont endurci ta caboche. Pour tout dire tu as grandi. Comprends-moi, ta métamorphose s'est accomplie sous mes yeux. Dans mon souvenir je me figurais avoir été un gosse mièvre, envieux, scolaire, égoïste et sans audace. Celui que je découvre me surprend et me réconcilie avec ce que je suis devenu. À moins que les années, mais c'est une autre histoire dont on parlera un jour prochain, m'aient ramolli le cœur et rendu trop bienveillant à l'égard de notre passé. Pour autant il est hors de question que j'énumère ici tes qualités au risque d'enfler tes chevilles. Et les miennes.

— Monsieur Oui-Non, de quoi me parles-tu ? Arrête de me prendre pour un idiot, de me laisser croire que je parle tout seul, que ta voix c'est la mienne. Jamais il ne me viendrait à l'esprit des pensées si incohérentes que je ne les comprends pas moi-même.

— Je me demande, Nuche, si je n'ai pas avoué trop tôt ma reconnaissance pour l'enfant insolent et borné que tu es.

— Ma parole, tu es d'un égoïste inouï. Incapable que tu es de percevoir mon chagrin. Je pleure Plume et tu me racontes des foutaises sans queue ni tête. C'est aussi déplacé que me demander si je suis toujours impatient de posséder une carabine. »

Plume était morte au milieu du pont, au-dessus des voies ferrées, à l'endroit précis qu'il me fallait atteindre à la nuit tombée pour résoudre l'énigme posée par le Père. Lors de ma promenade dominicale sans but Plume ne m'avait pas accompagné, elle avait pris le commandement du trajet. Je l'avais suivie sans réaliser le lien avec l'épreuve que j'avais échouée par deux fois. Par deux fois ses yeux de chatte avaient éclairé mon itinéraire, ses ailes de Griffon m'avaient porté et par deux fois ma couardise l'avait déçue. En pleine journée elle avait réussi à m'entraîner jusque sur la partie la plus élevée du pont, là où le béton se voûte et pèse sur ses jambes écartées de colosse.

L'orgueil de tenir une carabine en mains m'apparaissait futile au regard de la compagnie attentionnée de Plume. Mille fois j'aurais renoncé à la carabine pour qu'elle vienne me rejoindre sous les marches de l'escalier. J'aurais su patienter et l'accueillir sans jalousie ni reproche au retour de ses infidélités sur le chantier. Je portais la responsabilité de sa mort.

La culpabilité c'était donc ça !

En rentrant de son travail, le Père avait voulu vérifier où j'avais enterré Plume. Le lieu que j'avais choisi lui semblait bien proche des rails. Sans rire, il avait ajouté que cette chatte qui avait le goût de traîner était aux premières loges pour sauter dans un train si l'envie de voyager lui venait à l'esprit. La tombe formait une butte de terre fraîche. Il avait suggéré qu'on la couvre d'une couche plus épaisse de gros graviers pour décourager les animaux fouineurs d'y mettre le museau.

Le long du ballast le Père ramassait des cailloux parmi les plus lourds et les disposait en un pavage serré. Je l'imitais, prenant le même soin que lui pour sceller les pierres entre elles d'un joint de terre. Un bout de métal que nos manipulations avaient remonté à la surface étincelait par contraste avec les mottes sombres labourées par nos doigts. À y regarder de plus près, la ferraille avait l'apparence d'une bague formée de trois anneaux minuscules en cuivre attachés ensemble par un fil de couturière.

Mouche ? Non, Mouche ne pouvait pas manifester ainsi sa présence. Faut croire que si. Gusse m'avait offert la montre phosphorescente. Mouche avait abandonné à mon intention un de ses bijoux de pacotille. La bague et la montre concrétisaient une amitié ininterrompue.

« Si tu la gardes, Nuche, il faut la laver. Qui sait d'où elle vient ? »

Madame Lecoq était hospitalisée entre la vie et la mort. Un wagon libre qui dévalait de la gare de triage vers son convoi l'avait fauchée alors qu'elle traversait à pied par les voies ferrées. Son imprudence restait un mystère. Le Père avait appris la terrible nouvelle par des collègues cheminots du dépôt.

Pendant le souper la Mère s'arrangeait pour poser des questions que je n'aurais pas dû comprendre. Le nez penché sur mon potage où gonflait du vermicelle alphabet, je cherchais les lettres de Plume pour écrire son nom sur le rebord de l'assiette. Ce soir-là, les parents préféraient ignorer mon occupation, estimant qu'elle m'évitait de tendre l'oreille. Je m'appliquais aux deux, oreille et alphabet. Seule la réflexion lugubre de Grand-Mère avait bien failli me trahir en me faisant sursauter.

« La mort fait les cent pas dans le quartier. Il est temps d'emménager dans un nouveau logement des chemins de fer avant qu'elle ne frappe à la porte. »

Quelqu'un avait tapé au carreau de la fenêtre, un voisin venu annoncer que monsieur Lecoq était veuf.

Troisième tentative

A mon tour, j'allais partir de chez nous et le souvenir d'autres départs accentuait la tristesse que j'en éprouvais même si depuis j'avais appris que l'amour est inconstant. Ainsi alors que la séparation d'avec Mouche et Gusse m'avait déchiré le cœur, j'avais connu Doll et je n'étais pas tombé seulement sous le charme des soins qu'elle prodiguait à mes cicatrices. Je devais à la fréquentation de Doll d'avoir souffert de mes premiers coups de griffe de la jalousie. Doll n'était pas responsable de ma crédulité. Le môme aux grandes oreilles qui lui gribouillait des rimes n'avait rien vu venir. Il se préoccupait de carabine ignorant ce qui préoccupait une grande fille comme Doll. La rupture avait ajouté une nuance à mon vocabulaire des frontières. Notre déménagement était plus que la traversée d'une frontière, c'était une fuite sans retour. J'abandonnais Plume dans sa tombe au pied de notre jardin. Je tournais le dos à l'enfance.

On allait quitter notre quartier cheminot entre la gare et le pont pour celui des ateliers d'entretien Voies et Bâtiments.

L'éloignement remettait en cause l'épreuve donnée par le Père. Je n'avais plus le choix de repousser longtemps une troisième tentative avec l'espoir de réussir enfin sans me raconter d'histoire. Ma première tentation était de renoncer sous prétexte de déménagement et de justifier avec mauvaise foi le ratage annoncé. Les conditions modifiées, j'en sortais la tête haute, empêché malgré moi d'affronter l'obstacle et par conséquent libre de me mentir. Que si on était resté chez nous, j'aurais réussi. Pour être franc l'envie d'une carabine ne m'obsédait plus autant. Ce n'était peut-être qu'une tournure d'esprit pour me préparer à la défaite. Le désir de posséder une carabine ayant cessé sa tyrannie, pourquoi me serais-je engagé dans une épreuve sans récompense ?

Il restait que Plume était morte précisément au sommet du pont, à l'exact endroit que je devais atteindre pour chercher la solution de l'énigme. Comme si elle avait voulu me prouver que j'étais capable d'y parvenir. J'avais une dette à l'égard de Plume, raison qui m'imposait de conduire une troisième tentative.

La neige tombait depuis la veille. La nuit était claire sans se confondre avec le jour. Le sentier qui séparait les voies ferrées des jardins dessinait un ruban de mousseline à peine sinueux qu'on avait déroulé à mon intention pour guider mes pas. La luminosité venait de Plume dont les yeux projetaient devant moi un faisceau éblouissant pour qui se serait aventuré à contre sens. Je me réjouissais de sa présence surnaturelle à mes côtés sans m'attarder à l'expliquer. Ne m'arrivait-il pas de me disputer avec Grand-Père que la vie avait quitté lui aussi ? Plus encore que Grand-Père, Plume m'habitait.

À mon petit doigt la bague de cuivre me reliait à Mouche puisque j'avais la conviction qu'elle lui appartenait. Étrange phénomène qui me dépassait, j'en conviens. Grimpée sur mon dos, Mouche nouait autour de mon ventre ses cuisses maigrelettes de sauterelle et serrait fort pour m'intimer l'ordre d'avancer. Elle chevauchait sa monture et la guidait vers le pont. Mouche faisait corps de tout son corps avec le mien ce qui ne l'empêchait pas de me rabrouer.

« Mets-toi bien dans la tête que je n'ai pas répondu à ton appel pour t'aider à gagner la carabine. Tu me connais ! Je t'aide pour que tu y renonces sitôt arrivé au milieu du pont. Là, quand tu domineras les voies ferrées et les maisons en contrebas, tu te figureras un géant et tu n'éprouveras que dédain pour une carabine si minuscule. Attends, je n'ai pas fini ! Là encore, quand tu lèveras les yeux au-dessus de toi, le vertige du lilliputien t'étourdira et tu fuiras la carabine démesurée semblant une créature monstrueuse. »

Mouche était une donneuse de leçons. Je me rendais compte qu'elle m'avait toujours traité en petit frère inculte à qui il faut sans cesse expliquer les évidences.

Doll ne me donnait pas de leçon alors qu'elle aurait pu me toiser du haut de toutes ses années de plus que moi. Elle ne me mettait en garde contre rien.

Mouche, si. Douée pour les maximes. Nuche, faudrait pas tout croire. Cette rengaine-là elle me l'avait épinglée dans la tête. Même quand Mouche n'existait que dans mon imagination, elle persistait à diriger ma conduite, à m'apprendre sans relâche ce que j'avais à décider pour grandir.

Sa bague à mon doigt me possédait, comprimait le débit de mon sang, jouait à le ralentir jusqu'à l'arrêter avant de libérer l'énergie retenue.

J'avais emporté la montre que Gusse avait volée au Père-Nuno et dont les aiguilles s'étaient arrêtées par mon imprudence. Je n'oubliais pas que je devais une vie à Plume. Hélas, je n'avais su m'en acquitter le moment venu. Plume ne m'en gardait pas rancune à juger comment et avec quelle application elle illuminait la nuit jusqu'au pont. Je ne doutais pas de la réalité de son aide. La phosphorescence de la montre n'aurait jamais atteint une telle puissance d'éclairage.

Le cadeau de Gusse recélait d'autres ressources magiques que je n'avais pas soupçonnées jusque-là. Les deux aiguilles arrêtées dans un alignement parfait formaient en réalité une lance effilée aux deux extrémités dont le principal prodige n'était pas d'embrocher le cœur des chimères de la nuit mais de projeter sur elles un rayon de lumière qui les paralyse ou les réduise en cendres si elles refusaient de se soumettre. Quelle arme ! Si ce n'était l'impossibilité de révéler que je possédais la montre du Père-Nuno, avec les conséquences terribles que je supposais, j'aurais sur-le-champ cessé de courir après une vulgaire carabine et lui aurais préféré la flèche de lumière.

Je n'aurais su rêver d'une meilleure équipée pour cette dernière tentative.

Penchée au-dessus du pont presque à lui toucher le dos qu'elle ensoleillait de son rayonnement, la Reine de Lune resplendissait toute de bleu vêtue. Son éclat était tel que les étoiles faisaient grise mine.

« On dirait, Nuche, que le grand soir est arrivé. Te voilà donc près de toucher le but.

— Je ne m'attendais pas à vous, monsieur Oui-Non. Merci du compliment.

— Ainsi tu as organisé chaque détail et engagé miraculeusement tes amis à ton service. Tu n'as pas lésiné sur la magie jusqu'à réussir à blanchir la nuit pour en chasser les ombres qui t'effraient.

— N'as-tu donc que des reproches qui poussent sur ta langue ? Tes encouragements, monsieur Oui-Non, sont vite balayés par tes critiques. Crois-tu m'aider avec tes hésitations ? Il va te falloir choisir d'être avec moi ou contre moi.

— Préfères-tu que je te laisse à ta rêverie sans réagir ? Quand les péripéties sont réglées à la perfection, que les personnages obéissent sans broncher, que le héros est invulnérable par trop de pouvoir, ne cherche pas, Nuche, c'est que tu rêves.

— Tu ne rêves jamais, monsieur Oui-Non ?

— J'ai les pieds sur terre. Je ne confonds pas la réalité avec l'imaginaire. Grandir ça s'appelle.

— Qui te dit que je confonds ? Cette nuit j'étais invité dans la chambre de la Reine-de-Lune…

— Tu veux dire la Polonaise ?

– Justement, je ne confonds pas. Je n'aurais su en toute impudeur observer s'habiller la mère de Doll alors que j'assistais sans honte aux préparatifs de la Reine. Comprends-tu bien la différence qui m'autorisait à partager son intimité ? Infime différence de point de vue qui modifie le regard, m'évite de mélanger et de perdre le privilège de ma situation.

– J'en suis tout confus, Nuche.

– L'humour n'est pas ton fort. A ton avis, la Reine-de-Lune ignorait-t-elle ma présence ou acceptait-elle que je partage les coulisses de l'enchantement ?

– Tu étais qui ? Le voyeur ou le rêveur ?

– Devant le miroir, elle essayait des lainages, des soieries, des fourrures et des dentelles qu'elle composait sur elle comme autant de métamorphoses dont j'étais le témoin. Alors...

– Alors quoi ? Je crains le pire des mensonges.

– Alors, tandis que devant sa coiffeuse elle corrigeait le dessin de ses lèvres, qu'elle nuançait la couleur de ses pommettes, qu'elle étincelait ses yeux de paillettes argentées, qu'elle …

– Je ne te savais pas si savant en maquillage.

– Alors, nos regards se sont croisés dans le miroir. Je jure sur la tête de Bout-de-Chou que je ne mens pas. Mon cœur s'emballait, preuve que je ne rêvais pas. Sous sa brosse à cheveux j'ai reconnu une page écrite de ma main, un poème pour Doll qui me préférait les cancres de la cité. Mon cœur a explosé. Ses doigts caressaient mes oreilles. Mon cœur s'est arrêté.

– Caresser tes oreilles ?

– Mes oreilles, je te jure.

– Ne jure pas si vite, Nuche, et laisse donc ton petit frère en dehors de tes mensonges. Pourquoi refuses-tu de reconnaître que tu rêvais ?

– Parce que. Il y a des rêves qu'on rêve et des rêves qu'on ne rêve pas. Comprends-tu la différence ?

– D'accord, Nuche, il n'y a rien à t'apprendre. J'allais oublier. Pense donc à remercier Grand-Mère pour les oreilles. Elle a le don pour consoler les cœurs brisés des drôles à feuilles de-chou qui ne rêvent pas. »

Le pont n'avait jamais été aussi peu effrayant que ce soir-là. Mes deux oreilles à couper que je ne rêvais pas. Il faisait le dos rond et je reconnaissais à son attitude les manières de Plume attendant mes caresses de pardon quand elle s'était attardée à traîner dans les cabanes de chantier. Le pont courbait le dos et je reconnaissais Grand-Père appuyé sur sa canne quand il m'admirait courir, mulet intrépide qui ne craignait pas d'écorcher ses genoux sur les pavés branlants de sa cour qu'il n'entretenait plus.

« Le diable est-il à tes trousses, mulet ? As-tu le feu au cul pour sauter ainsi d'une guibolle sur l'autre au risque de te briser l'échine ? »

Grand-Mère passait la tête dans l'encoignure de la porte, prenait l'air grincheux du Brigadier menaçant Guignol. Grand-père toussait.

« Cou. J'ai dit cou. Viens te pendre à mon cou ! »

Le pont n'avait rien d'effrayant quand il prenait les manières de Plume et la voix de Grand-Père, morts tous les deux. Je ne m'expliquais pas leur présence ce qui ne justifiait qu'on m'accuse de mentir ou de rêver.

« Tu es d'humeur enjouée, Nuche. Aurais-tu décroché la carabine que tu convoitais tant ?

— Où êtes-vous majesté Reine-de-Lune, je ne vois plus votre beauté qui ensoleillait le pont.

— Que désires-tu donc obtenir de moi pour chatouiller ma vanité si servilement ?

— Je vous chatouille, moi ? Est-ce bien vous, Reine de Lune, qui me parlait ?

— Courbettes et ronds de jambe m'agacent, voilà tout. Si tu crois me plaire ainsi, tu te trompes. Les flatteurs m'ennuient mais il faut bien gagner sa vie et toi, Nuche, tu n'as pas un sou en poche. Dommage, tu ferais rêver un oreiller.

— Qui parle de rêver ? C'est un complot. On me demande à tout instant de prouver que je ne mens pas. En voilà des preuves !

Ne suis-je jamais grimpé sur le dos du pont ? Est-ce que je n'ai pas vu de là-haut ce qu'il fallait voir ?

— Faut croire que si, Nuche. Comment te dire que tes vérités me délassent de mes propres mensonges ?

— Pourquoi vous cachez-vous ?

— Désolée, Nuche, je ne suis pas visible. La Reine-de-Lune n'est que le reflet du soleil et certains soirs il n'est pas au rendez-vous. Tu comprends ?

— Absolument rien et maintenant me voilà orphelin.

— N'as-tu pas la carabine ?

— Bien sûr je l'ai, oui. Et à la fois je ne l'ai pas. »

En m'écoutant dire tout et son contraire, je croyais entendre Monsieur Oui-Non.

La neige avait cessé de tomber. La nuit s'était assombrie. La Reine-de-Lune n'éclairait plus le pont de son éclat bleuté. Elle avait disparu sans me laisser espérer la revoir. Savait-elle que notre déménagement approchait ?

J'arrachais de mon doigt la bague de Mouche qui me donnait l'air d'une fille et je la glissais dans la poche de mes culottes courtes où la montre de Gusse m'apparut pour ce qu'elle était, une montre détraquée aux aiguilles arrêtées.

Son paletot de cheminot sur les épaules, le Père m'attendait sur le seuil de la porte. Depuis combien de temps étais-je parti pour ma dernière tentative ? Il me restait à lui expliquer que j'abandonnais, que je renonçais à la carabine, encore fallait-il décider par où commencer.

« Rentre vite mon grand, n'attrape pas froid. Rien ne presse à ce soir pour me dire ce que tu as découvert comme je te l'avais demandé. Je t'écouterai avec plaisir, certain que tu as beaucoup appris. »

Un salon chez nous

Les Chemins de Fer avaient accordé sa matinée au Père pour déménager. Le congé tombant la veille de Noël, jour rituel où les cheminots des ateliers débauchent deux bonnes heures plus tôt l'après-midi, c'était manière de lui donner la journée entière sans avertir tous les échelons administratifs qui auraient automatiquement décompté de sa paie la totalité de son absence. De toute façon, il n'aurait pas travaillé. Chaque année les camarades organisent avec la complicité des chefs d'équipe un casse-croûte amélioré qui s'éternisait jusqu'à l'heure de raccrocher les bleus au portemanteau.

J'avais l'excuse d'assister pour la première fois à un déménagement pour m'imaginer que l'opération relevait des travaux d'Hercule.

Tu fais l'enfant, Nuche. Je t'entends, Mouche.

J'avais assez grandi pour supporter sans geindre les morsures du froid qui marbrait mes cuisses nues sous mes culottes courtes.

Pas assez grandi pour comprendre que déménager ne signifiait nullement que les murs de chez nous aller nous suivre.

J'avais assez grandi pour me délecter des plus intrépides rêves sans appeler la Mère pour venir me sauver. Pas assez grandi pour réaliser qu'en partant de chez nous, on abandonnait derrière nous l'escalier qui descendait au potager, le remblai où Plume avait sa tombe, les logements de Gusse, de Mouche et le sentier qui longeait la voie ferrée jusqu'au pont.

J'avais assez grandi pour m'y résoudre. Pas assez pour me débarrasser de mes souvenirs du passé. Fallait-il être assez puéril pour ne pas comprendre que je me séparais du môme que j'avais été.

En deux tours de carriole à bras, le Père et ses camarades avaient transporté les lits, l'armoire, la table, les chaises et la cuisinière. En fin de matinée, Bout-de-Chou, Grand-Mère et la Mère avaient fait le trajet avec les valises de vêtements et les sacs de linge dans la voiture du chef de district. Un bonhomme à l'abord froid que les arguments de la Mère avaient convaincu de se montrer compréhensif. Un bonhomme assuré de son importance qui avait libéré un logement pour nous du jour au lendemain.

« A prendre tout de suite ou ne venez plus gémir dans mon bureau. »

Il avait de bonnes raisons de précipiter le calendrier et d'aussi bonnes raisons de les garder secrètes.

Situé dans le quartier des ateliers à l'écart des voies les plus bruyantes empruntées par les convois de marchandises, c'était le silence de notre nouvel environnement qui m'avait perturbé. Les quintes de toux des locos-vapeurs me manquaient. L'absence des coups de butoir des wagons qui s'accouplaient avec fracas me laissait démuni. Il me fallait maintenant tendre l'oreille pour discerner les annonces chuchotées des haut-parleurs de la gare à l'arrivée et au départ des trains de voyageurs. J'avais perdu le tintamarre incessant de la fourmilière cheminote qui rythmait malgré moi le tempo de mon cœur.

Quelle première nuit désolante à tourner et virer dans le lit, à m'endormir par à-coups sans parvenir à m'embarquer dans une rêverie où m'aurait rejoint la Reine-de-Lune ! Quelle agitation que n'expliquait pas le passage mensonger du Père Noël par la cheminée ! J'avais si longtemps cru à son existence. Combien de temps encore me serais-je complu dans la supercherie si Mouche n'y avait mis un terme ? A l'évocation de cette féerie de môme, je ressentais malgré tout un picotement. Le souvenir d'un enchantement subsistait et je résistais à la tentation de raviver une émotion si peu enfouie. Quelle honte si quelqu'un avait su !

Pour en finir avec ces sottises ou pour en prolonger la fascination sans me l'avouer, j'avais insisté pour m'improviser Père Noël de Bout-de-Chou. Je m'étais empressé d'aligner mes rimes les plus riches au dos d'une enveloppe retournée que j'avais coloriée d'une guirlande d'étoiles couronnée d'une lune bleue. Ma participation inattendue, ajoutée à l'effet déconcertant de mon cadeau, avait embarrassé les parents. Dans un éclat de rire que j'avais compris comme un compliment, Grand-Mère avait sorti un écheveau de laine de sa robe-tablier, arrondi mon vulgaire papier en rouleau de parchemin, noué tout autour des brins de laine qu'elle effilochait avec ses dents incapables de les couper net.

La date où Grand-Mère allait retourner dans son pays n'était pas arrêtée que je pressentais qu'elle allait me manquer. Et loin de moi l'idée de comparer le trouble causé par son absence avec celui qu'avait provoqué en moi l'assoupissement sonore de notre nouveau quartier. D'autant qu'au contraire des locomotives et du trafic des wagons dévalant chacun vers leur convoi en crissant sur les rails, Grand-Mère ne faisait pas de bruit. Malgré notre relation distante, je n'aurais su exprimer ce qui m'attirait vers elle.

Elle évoquait l'hospice comme l'antichambre du paradis pour nous rassurer et s'en convaincre. Elle nous soutenait qu'elle y rejoindrait d'anciennes connaissances plus gâteuses qu'elle. Elle les critiquerait pour passer le temps. Elle nous épargnait qu'à l'hospice, elle aurait tout loisir de mourir à son heure sans nous imposer le spectacle d'une fin qui s'éternise à finir. Le Père, son fils, avait dit « Rien ne presse. » La Mère, sa bru, avait eu un mouvement de la tête qui laissait entendre la même intention.

En attendant je ne partageais plus le lit avec Grand-Mère ni avec personne. La place inoccupée pour l'instant était réservée à Bout-de-Chou que la Mère avait décidé d'installer dans ma chambre pour l'habituer à se détacher d'elle. C'était l'impératif éducatif avoué. L'autre impératif, c'était loger la machine à coudre à côté de l'armoire au pied du lit des parents. La Mère reprenait son métier de couturière à son compte. Elle en escomptait des bénéfices autrement plus substantiels que les boulots de rafistolage du Père chez des camarades radins qui abusaient de la camaraderie.

La mode féminine s'immisçait dans les foyers des cheminots. Les femmes des cadres en particulier s'y consacraient. Elles achetaient des revues d'élégance. Dans les salons de coiffure elles commentaient des magazines d'Amérique et se chuchotaient les bonnes adresses de couturières à prix modique.

La Mère était une adresse bon marché. Les clientes allaient s'y bousculer et s'y métamorphoser à volonté sous mes yeux furtifs comme autant de Reines-de-Lune qui s'éblouissaient dans le miroir de l'armoire avec tant d'intérêt qu'elles m'ignoraient les admirer.

Les pièces de notre nouveau chez nous m'avaient paru vides avant d'être encombrées par les tissus des clientes, jupes suspendues à des cintres et tailleurs au point de bâti, corsages et vestes en attente de boutonnières. Vides, elles l'étaient assurément avant d'être hantées par les décolletés des robes de mariées et les bustiers de dentelle.

Une banquette lit dont la tête et le pied s'abaissaient pour servir de couchage, était l'unique meuble ajouté à notre logement dans l'angle du séjour sous la fenêtre. La couleur rouge vif du matelas et des coussins de velours qu'on adossait contre le mur pour s'asseoir donnait l'impression de posséder un salon ce qui flattait mon orgueil d'accéder à la richesse. Je trépignais avec indécence, ravi de tourner le dos à la pauvreté. Le leurre de la consommation franchissait le seuil de chez nous et je le confondais avec le bonheur.

Grand-Mère y dormait la nuit sans se plaindre de la précarité de la situation où il fallait tous les matins ranger les draps, la couverture matelassée, l'oreiller et la chaise sur laquelle elle posait ses vêtements. Comment faire autrement avec les clientes ? La Mère ne pouvait prendre les mensurations des élégantes dans la cuisine aux odeurs persistantes d'omelette à l'ail.

La bonne nouvelle du retour de Gusse avait attristé notre installation dans le quartier des ateliers. Malgré la perspective de nos retrouvailles, notre déménagement tombait mal. Les circonstances se plaisaient une fois de plus à nous tenir à distance pour compliquer nos rencontres.

J'avais mal compris, le Père-Nuno rentrait du sanatorium pour quelques semaines. Gusse restait habiter à la frontière espagnole chez la Mamé-Nuno.

Trois minutes d'absence

Le drôle Feuilles-de-Chou erre comme une âme en peine dans le logement où il ne se reconnaît pas. Les portes des chambres sont ouvertes. Le poêle à fioul est brûlant mais la chaleur peine à chasser le froid humide des murs de la maison inhabitée ces derniers jours. De la condensation ruisselle sur les vitres.

Grand-Mère papote dans son patois avec Bout de- Chou emmailloté qu'elle tient dans le creux de son tablier tendu entre ses cuisses. La Mère dispose des casseroles et de la vaisselle dans le placard à portes coulissantes qui sépare la cuisine du séjour. La valise des vêtements, les sacs de draps et les torchons ont été débarrassés en premier, sitôt les bois de l'armoire assemblée et chevillée.

Assis à sa table de travail le drôle Feuilles-de-Chou n'arrive pas à écrire. Il cherche la bonne position pour s'asseoir. Le Père a fixé la planche sur des équerres vissées dans la cloison. La chaise est un peu basse; la planche légèrement trop haute. Un coussin réglera bientôt le problème. Le môme devrait sauter de joie. Toute cette place pour lui seul ou presque. Il est grognon, se plante devant la fenêtre qui donne sur le jardin des voisins. Une haie de troènes établit une limite entre les maisons. Spectacle désolant de l'immobilité. Toute activité a déserté le quartier. Nuche laisse vagabonder son regard, ne sait où porter son attention.

Il tire de sa poche la montre aux aiguilles arrêtées et la considère sans autre intérêt que celui qu'on porte à un objet devenu encombrant. Comment s'en débarrasser ? Où la cacher ? Il l'approche de son oreille, vérifie la phosphorescence dans le creux de ses mains, s'arrête sur l'alignement des aiguilles qui n'est plus aussi parfait. Il ne semble pas s'en rendre compte. Il n'y prête aucune d'attention, du moins ne s'y attarde-t-il pas. Pourtant l'évidence d'un décalage saute aux yeux. Sans équivoque l'heure indique 10h23.

La différence m'interroge. Spontanément j'en conclus que du temps s'est écoulé. Une montre en panne ne prend pas trois minutes d'avance, ni avance ni retard d'ailleurs. Le bon sens me persuade d'écarter une explication horlogère La mécanique des engrenages n'a pas compétence pour comprendre le pourquoi de l'insolite. Quant à solliciter la mécanique quantique pour éclaircir le comment de l'étrange, l'incompétence assurément vient de moi.

L'essentiel est ailleurs. Qu'importe le pourquoi et le comment de quelques minutes ajoutées au cadran d'une montre bloquée. Etre tenu dans l'ignorance des événements que j'ai vécus ou subis pendant cet intervalle m'intrigue autrement plus.

Par-dessus l'épaule de Nuche je me penche au plus près jusqu'à percevoir le reflet de mon visage sur le verre bombé. La lumière verte de la phosphorescence m'aveugle, m'attire, m'aspire. Mon regard se trouble. Je perds Nuche de vue.

« C'est toi monsieur Oui-Non ? »

Je l'entends à peine. Trop tard pour lui répondre.

J'aurais aimé quitter l'enfance avec moins de précipitation. Le drôle Feuilles-de-Chou mérite mieux que le souvenir que j'en gardais. On ne prend jamais le temps de remercier les gens pour ce qu'on leur doit, encore moins ce qu'on doit à l'enfant qui nous a fait adulte. J'assume le ridicule de remercier Nuche. Ce môme que je supportais en moi avec méprise depuis des années, aura-t-il suffi d'un saut de trois minutes à travers les âges pour le reconsidérer ?

Je me défends de la reconnaissance tardive que je lui témoigne. Je me méfie de mon changement d'attitude à son égard. Je crains le piège de la vieillesse qui idéalise et s'extasie sans nuance devant la jeunesse. Je n'écarte pas l'éventualité d'un ramollissement de la raison, d'un gâtisme des sentiments. Tant pis, notre réconciliation m'enchante.

« Nuche, tu m'écoutes ? C'est moi, monsieur Oui-Non. Je voudrais te dire... »

S'il m'entendait, Nuche me soutiendrait à son habitude qu'il ne comprend rien à mes remerciements. Le drôle me tiendrait tête et s'endormirait, lassé de mon bavardage, ou ferait semblant.

Promis je ne réveillerai plus Feuilles-de-Chou.

J'ai le sentiment cependant que la frontière des âges ne se referme pas quand on l'a franchie une fois. Sans prétendre que certaines coïncidences seraient la preuve de ce que j'avance, elles sont parfois si explicites qu'on ne peut feindre d'en ignorer le sens.

Est-ce un choix inconscient, une coïncidence fortuite, une preuve si la maison que j'habite aujourd'hui est construite sur le site même du patronage cheminot, là où les vauriens de la cité Espérance avaient dérouillé le drôle que j'étais ? Il y a plus troublant si comme moi on est curieux du trouble. Au centre commercial où j'ai l'habitude d'acheter mon épicerie, la fille aînée de Doll est caissière. Je me retiens de lui parler de sa mère. A tort certainement. Le comble serait de lui demander des nouvelles de la Reine de Lune. « Qui ? » se moquerait-elle. Oserais-je ajouter en remplissant mon cabas : « Votre grand-mère. »

Le temps se joue à mêler le passé au présent. Sur la place de mon quartier, une loco-vapeur restaurée, statue monumentale d'une époque révolue, veille sur la cité cheminote engloutie par la modernité. Il m'arrive de croire qu'elle me reconnaît et m'évite, se souvenant qu'une chatte avait sauté au visage d'un môme pour l'arracher à ses roues d'acier.

Je n'ai pas souvenir d'avoir jeté la montre Pirofa que Gusse avait volée au Père-Nuno. Elle est quelque part dans l'appartement à la fois présente et maintenue dans l'oubli. Je ne saurais dire quelles raisons me retiennent de fouiller dans mes vieilleries pour remettre la main dessus. J'hésite entre la tentation de vérifier que les aiguilles sont restées bloquées sur 10h20 et l'appréhension de constater un réel décalage. Angoisse et enchantement, j'entretiens le mystère de trois minutes d'absence pendant lesquelles ce que j'ai vécu je l'ignorerai à jamais. Ai-je traversé les âges pour rejoindre l'enfance ?

Noël n'est pas le meilleur jour

Pour mon premier matin de Noël sans Père Noël, je m'attendais à sortir du sommeil de la nuit avec la nostalgie d'un émerveillement révolu. Je n'éprouvais rien de tel sinon une excitation de curiosité qui avait survécu et m'avait poussé à me lever pour aller explorer la maison. La porte de chambre des parents était entrebâillée. Ils respiraient si fort qu'ils n'entendaient pas mes pieds nus avancer sur le carrelage que les flammes du poêle éclairaient.

Assise sur la banquette-lit, Grand-Mère récitait son chapelet. Elle était déjà habillée mais son visage sans lunettes ne semblait pas me distinguer. Bout-de-Chou regardait au plafond la danse du feu qui s'y reflétait. Il avait dormi là au chaud pour prévenir toute rechute de la maladie. Au pied de son berceau j'avais accepté la veille d'aligner mes souliers avec ses chaussons de laine. Le Père Noël avait fait sa livraison de cadeaux. Je reconnaissais celui que j'avais préparé pour mon petit frère. Parmi d'autres emballages de fête, je devinais à la forme du paquet le dictionnaire que les parents m'avaient laissé espérer. Je retournais au lit, m'enfonçais sous l'édredon et fermais les yeux pour revivre le souvenir du Noël précédent.

Monsieur Oui-Non ne se manifestait plus. Depuis que j'avais renoncé à la carabine, j'avais la tête vide et ne réfléchissais à rien.

Dans la matinée, notre plus proche voisine était venue se présenter et nous avait apporté des parts d'un gâteau au chocolat pour nous souhaiter la bienvenue dans le quartier.

« Vous allez vivre heureux ici. Il n'y a que des gens bien. J'apprends que votre maman habite avec vous. Je suis désolée pour le gâteau. Je ne pouvais savoir. Permettez que je lui dise un mot pour m'excuser. Dites à votre fils qu'il vienne à la maison chercher une quatrième part pour le dessert. »

Une voiture stationnait devant leur garage. Derrière les voilages des fenêtres des lumières multicolores clignotaient. J'hésitais à frapper. La porte s'était ouverte d'elle-même et par l'entrebâillement pointait le canon d'une carabine qui me visait.

« Ne fais pas attention. Mon petit frère s'amuse encore à des jeux de sale gosse. Mes parents lui cèdent tous ses caprices. Entre ! »

Des guirlandes décoraient les branches d'un sapin. Assis dans un fauteuil cossu face à un poste de télévision, un homme lisait un magazine. Des verres à pied scintillaient sur la table du repas. Je remarquais le clavier d'un piano adossé à la cloison de la cuisine dont le passe plat était ouvert. Le petit frère avait disparu avec sa carabine. J'entendais le déclic des flèches tirées contre une cible. Sa sœur agissait en maîtresse de maison, robe longue à col blanc, et se donnait une supériorité de jeune fille dont elle abusait avec moi.

— Tu n'es pas d'ici ? Tu habitais où, avant ?

— À côté de la gare.

— Dans les baraquements ?

— Un peu plus loin vers le pont.

— Tu ne vivais donc pas à la campagne. A voir tes culottes courtes j'aurais juré que si. En ville les garçons portent des pantalons et pas de casquette. »

Autant ces derniers temps j'aurais voulu rétrécir mes grandes oreilles que l'allure et la taille de mes vêtements ne me préoccupaient pas. Cette fille prétentieuse à qui il ne me serait pas venu à l'idée de lui reprocher l'appareil métallique qui lui barrait les dents, m'apprenait que je m'habillais mal. J'étais contrarié, sans voix, incapable de répliquer qu'elle parlait en retroussant ses lèvres et qu'elle ressemblait à un bâtard de ferme enragé prêt à mordre.

J'avais décliné l'invitation à m'asseoir quelques instants dans leur séjour pour goûter une pâte de fruit. J'avais refusé avec la détermination entêtée de ne pas me soumettre.

Tandis que la bêcheuse édentée à la langue de vipère me tendait l'assiette avec la part de gâteau, je restais fasciné par l'élégance de ses beaux doigts allongés aux ongles vernis. Elle portait à l'annulaire la réplique exacte de la bague à trois fils de cuivre, celle qui appartenait à Mouche et que j'avais découverte en ratissant la tombe de Plume.

Sur l'instant, j'avais réalisé que je reviendrais sous n'importe quel prétexte faire connaissance avec cette fille pas si détestable qui partageait avec Mouche la particularité d'asséner des vérités.

D'avoir aperçu le petit frère de la voisine avec sa fausse carabine m'avait convaincu de tout raconter au Père le jour-même. J'étais résolu à ne pas lui mentir. Je n'avais réussi qu'une seule fois à m'avancer au milieu du pont, encore n'avais-je pas respecté les conditions de l'épreuve. J'avais suivi Plume, incapable que j'étais d'y aller seul. Je reconnaissais que la nuit n'était pas tombée. J'admettais enfin que je n'avais pas pensé à lever le nez pour découvrir ce qui aurait dû attirer mon attention de là-haut. Mes yeux ne se détachaient pas du corps étendu de Plume. J'espérais y déceler un souffle, un frisson, un signe de vie.

J'avais décidé de patienter jusqu'à la fin du repas de Noël pour proposer au Père qu'il me montre les ateliers où il avait ses outils. Au moment de la vaisselle, il m'avait devancé.

« Que dirais-tu d'une promenade dans le quartier ? On en profitera pour bavarder.

— À propos de la carabine tu veux dire ?

— À propos de la carabine bien sûr.

— Pas facile de commencer, mais je suis prêt.

— Pas facile non plus de te parler de nous deux. Noël n'est pas le meilleur jour pour les révélations. Je n'en connais pas d'autre plus propice et à force de reporter à plus tard je crains de n'en avoir plus le courage.

— Je comprends. La vérité exige du courage.

— Le courage de revenir à l'époque où je t'ai rencontré. Tu n'avais pas encore deux ans. »

Deux mots sur l'auteur :

Hélèm Yann vit en Touraine à deux pas de la Loire,
au cœur même de la cité de Tours.
Études littéraires à l'Université François Rabelais.
DEA de littérature comparée.
Hélèm, le prénom du pseudonyme, réunit les initiales des noms de
deux hommes, L.M., deux pères.

Deux autres romans publiés en version numérique
sont également disponibles en version brochée

Pour tout bagage   *(juin 2015)*
Familiarités   *(septembre 2015)*

Correspondance: helem.yann@gmail.com

Printed by Create Space
4900 Lacross Road, North Charleston, SC 29406, États-Unis

Dépôt légal: mars 2018
ISBN: 979-10-94941-06-5

www.ingramcontent.com/pod-product-compliance
Lightning Source LLC
Chambersburg PA
CBHW020538160726
47991CB00002B/478